書下ろし

獺《だっ》祭《さい》

軍鶏《しゃも》侍②

野口 卓

祥伝社文庫

目次

獺だっ
祭さい

一

——来たな。

だが、岩倉源太夫《いわくらげんだゆう》は歩みをゆるめも速めもしない。

正願寺《せいがんじ》を出ると同時に、何者かが跟《つ》け始めたのには気付いていた。気配を殺し、足音を忍ばせてはいても、追尾に慣れた者ではないようだ。おそらく二人。狭隘《きようあい》な場所で、仲間と挟み撃ちにする気だろうとの見当もついている。

寺町《てらまち》は、園瀬《そのせ》の城からは艮《うしとら》に当たる方角の山裾《やますそ》を占めていた。藩祖九頭目至隆《くずめよしたか》は、敵に攻められた場合にもっとも弱点となるその地に、十いくつもの寺院を集めて寺町とした。

ゆるい斜面に建てられた各寺院は、普通の寺に比べてはるかに高い石垣と白壁の塀をめぐらし、複雑に入り組ませて寺町全体を迷路としている。

敵が一気に攻め入るのを防ぎ、石垣のあいだを封鎖して分断し、侵入した兵に塀の上から矢を射かけるためである。城郭《じようかく》における桝形《ますがた》を、寺町にも何箇所か配したのだ。それぞれを深い濠《ほり》で囲ったさまは、砦《とりで》と呼んだほうがふさわしかった。

そればかりではない。各寺には刀、弓矢、槍を備え、米麦、豆類、切干大根、塩、味噌、醬油《しょうゆ》などを備蓄するという徹底ぶりであった。緊急事態となれば、短時間で寺町全体を要塞化《ようさい》できるのである。

園瀬藩の西部には屛風《びょうぶ》のような山が連《つら》なり、それよりはずっとなだらかだが、南も巨大な山塊《さんかい》となっている。西の連山は途中から湾曲して、次第に低くなりながら北に延びているし、南の山地は東にまわりこんでいた。

南西から流れ下った花房川《はなぶさ》が岩盤にぶつかって藤ヶ淵《ふじ》《ふち》を掘り起こし、反転して東南に流れ、巨大な蹄鉄《ていてつ》のような堤防が水田地帯を抱きかかえていた。盆地をぐるりと取り巻いた花房川は、城山の背後のほぼ真北で北に流れ、やがて東北へと向きを変えている。

園瀬の里は四方をほぼ山に囲まれているが、東北の方角だけが隣藩に向けて開けていた。敵が攻め入るとすれば艮の方角となるので、そこに寺町を配したのは理に適《かな》っている。

危急の際には領民の避難所ともなるように、各寺の敷地は広大であった。掘られた井戸の数も多く、どの寺も境内には樹木が鬱蒼《うっそう》と茂っていた。

もっとも太平の世となって久しく、藩祖の熟慮は活《い》かされることがなかった。おそらくこれからもないと思われるが、できるなら寺院はその本来の目的に使用されるべきだろう。

寺町は昼間でも人通りが少なく、夜になるとまさに森閑《しんかん》としている。石畳の両脇が砂利になった道と掘割、高い石垣、山に沿っては平行に、山から平地に向けては段差のつけられた白壁の練塀《ねりべい》、その上の瓦《かわら》と、どこもかしこも直線の組みあわせとなり、白、灰、そして黒の三色に色分けされていた。白壁の背後には、伽藍《がらん》の大屋根が闇に沈んでいる。

四ッ（午後十時）を四半刻（約三十分）ばかりすぎていた。源太夫は提灯《ちょうちん》を持たなかったが、月は出ていなくても星明かりがあるので不自由はしない。源太夫は夜目が利《き》いた。ある事情から、闇夜に眼を凝《こ》らす訓練を続けたことがあって、その鍛錬《たんれん》は今も続けている。

正願寺は寺町でももっとも北に位置しているので、堀江丁《ほりえちょう》の住まいに帰るには、寺町を通り抜けるのが近道である。

源太夫は、一番狭くて長い路地に差しかかった。複雑に組みあわされ、迷路のように折れ曲がった道がほとんどの寺町にあって、二十間（約三十六メートル）も直線が続くその路地は、唯一の例外である。

襲うならここだろうと、源太夫は予測していた。

平行する高い石垣と練塀で短冊状に区切られた頭上は、満天、降るような星空であった。南国の澄《す》み切った大気に、天の川が金砂銀砂《きんさぎんさ》を撒《ま》き散らしたような輝きを見せていた。

源太夫には、それだけで十分すぎるほど明るかった。

――やはり、いたか。

前方の右手、山側に一人と反対側にもう一人が、石垣の角に身をひそめ、わずかに顔を出してこちらを窺《うかが》っている。

背後を振り返ると、二人の男が迫っていた。うしろからの敵はともに中背であったが、一人はやけに頑丈な体格をしている。

四人とも覆面をしていた。

闘いでは先手を取り、相手を呑んでかかるにかぎる。源太夫は、前方の石垣に隠れた二人を挑発した。

「隠れん坊でもあるまいし、堂々と姿を見せたらどうだ」

まともな相手には、源太夫は決してそのような口は利かないが、卑怯者《ひきょう》に対しては話がちがう。そんな輩《やから》を侍《さむらい》あつかいする気は毛頭なく、さらに侮辱《ぶじょく》の言葉を投げつけた。

「それとも恥ずかしいのか、そんな歳《とし》でもなかろうが、えッ」

一瞬の間をおいたのは、月のない夜に石垣に身をひそめながら、気付かれたことに対する驚きからだろう。左右から二人の男が現れて行く手を塞《ふさ》いだ。片方は中肉中背で、もう一人はそれより頭一つ以上おおきく、衣紋《えもん》掛けに掛けられた衣《ころも》さながらの怒り肩であった。

それだけ特徴があれば、覆面をしても意味がない。

かれが濠を背にしたので、まえからの敵が右手に、うしろからの敵が左側になった。

「岩倉源太夫と知ってのことか」

返辞はない。

塀の上から飛び道具でねらう者がいないのは、すでにたしかめてあった。暗夜なので、味方を誤射する恐れがあるからだろう。

「人に恨まれる覚えはないが、挑まれれば受けて立つ。しかし武士ならば、堂々と顔を見せて、名を名乗れ」

四人は無言のままじりじりと詰め寄る。

「名乗れぬようだな。闇夜なら討てると思うて数を恃《たの》んだのであろうが、わしには通じぬ」源太夫は不敵に笑い飛ばした。「面《おもて》をおおうたくらいではごまかせんぞ。わしの目は夜でも見える」

その一言で相手の動きは止まったが、ふたたび無言のままにじり寄る。

「信じられぬか。ま、むりもなかろうな」

じりじりと間あいを詰めてきた四人が、同時に抜刀した。源太夫は左の敵を睨《にら》むと、大声《たいせい》を発した。

「大谷《おおたに》道場のあるじ内蔵助《くらのすけ》」

続いて右の敵に、

「原《はら》道場の満津《まつ》四郎《しろう》だな。あとの二人は弟子か。おぬしらに、わしは斬れん」

「ひーッ！」

気合声とも悲鳴ともわからぬ奇声を発して斬りかかったのは、左側の内蔵助と名指しされた頑丈な体つきの男であった。源太夫が一瞬早く身をかわしたので、相手は空《から》足《あし》を踏んでつんのめった。

源太夫がその腰を蹴りつけると、大谷内蔵助は抜き身を握ったまま、勢いあまって原満津四郎ともう一人に突っかかりそうになった。体勢を崩した原に向かうと見せかけて、身を翻《ひるがえ》した源太夫は抜刀し、後方から斬りかかろうとするもう一人の首筋を、したたかに打ち据えた。

男は呻《うめ》き声をあげて転倒した。

「峰打ちだ。しかし次は容赦《ようしゃ》せぬぞ」

源太夫は大刀を三人に突き付けたが、すでに相手は戦意を喪《うしな》っていた。源太夫の抜刀の速さと、瞬時に峰を返しての打撃を見て、とても太刀《たち》打ちできぬとわかったのだろう。いやそのまえに、覆面をしながら正体を見破られたことに衝撃を受けたにちがいない。

「仲間を見捨てるのか」へっぴり腰の三人に、源太夫は静かに言った。「早く手当をしてやれ。……わしは逃げも隠れもせん。道場に来ればいつでも相手になる」

刀身をゆっくりと鞘《さや》にもどしながら、源太夫はつぶやいた。

「気持よく酔うておるのに、無粋《ぶすい》なまねはせんでくれ。それはともかく、近ごろ、歳のせいか物忘れがひどうてな。今夜のことは、きれいさっぱり忘れてしもうたわ」

高笑いしてあとも見ずに歩き始めると、城山の背後から、長く尾をひく狼の遠吠えが聞こえた。

いかに鍛えているとはいえ、星明かりだけで覆面した相手の顔が見分けられるはずがない。実は、源太夫を闇討ちにしようとの相談を小耳に挟んだので、十分に気をつけるようにと、大工《だいく》の留五郎《とめごろう》が教えてくれたのである。

留五郎は人を何人か使ってはいるものの、呑兵衛で喧嘩《けんか》っぱやいこともあって、おおきなところは任せてもらえない。いつもぶつくさ不平を言いながら、半端《はんぱ》な仕事ばかりを請けていた。

普請をしてもらったこともないのに、源太夫が大工の留五郎と知り合いなのにはわけがあった。この男は無類の軍鶏《しゃも》狂いで、仕事が暇になると、「軍鶏ぅ、見せてつかはるで」と岩倉家の庭にやって来るのである。最初は雛《ひな》の売り買いや交換を持ちかけたが、源太夫がまるで応じようとしないので、今ではすっかり諦めていた。

それでもしょっちゅうやって来て、「ここには、ええ軍鶏がそろうとるけん、見るだけでも楽しいて」と言いながら、飽きることなく成鶏《せいけい》の鶏合《とりあ》わせ(闘鶏)や、若鶏の味見(稽古《けいこ》試合)を見ていくのであった。

二

その留五郎が細工《さいく》町のはずれにある居酒屋「ひさご」で、酔い潰れて寝ていたときのことである。軍鶏という言葉が耳に入ったので、かれは反射的に目を覚《さ》ました。薄目を開けると、客はほとんどが帰って、留五郎のほかには侍の二人連れしか残っていなかった。それが原満津四郎と大谷内蔵助で、かれらが道場を開いていることは、留五郎も知っていた。

店の者は片づけを始めていたが、ぐずぐずと居残った客を帰したいからだろう、わざとのようにうるさい音を立てている。そのためもあって、原と大谷の声も次第におおきくなったらしい。

「このままでは、軍鶏道場に弟子を残らず取られてしまうぞ」

その軍鶏道場という言葉で、留五郎は目を覚ましたのであった。源太夫の道場のことが話題になっているのを知って、かれは寝たふりを続けることにした。

「先の二人もそうだが」

「武尾《ぶお》とか申す浪人を、たった一撃で倒したというからな」

岩倉源太夫が討ちはたした三人が話題にのぼっていたが、今や園瀬の里でそれを知らぬ者はいない。最初の秋山精十郎《あきやませいじゆうろう》のときには五人の若侍が目撃していたし、立川《たちかわ》彦蔵《ひこぞう》との死闘後は、満身創痍《まんしんそうい》の源太夫は狭間《はざま》銕之丞《てつのじよう》が手綱《たづな》を取る馬の鞍《くら》にしがみついて、園瀬の城下に帰還したのである。

三人目の武尾福太郎《ふくたろう》との対決は、朝の七ッ半（五時）という早い時間に、沈鐘《ちんしょう》ヶ淵《ふち》を望む砂地でおこなわれた。武家方にはそう呼ばれていたが、百姓や町人には鐘《かね》ヶ淵として親しまれている淵である。

花房川の南岸を西に向かう街道からも、園瀬盆地を取り巻く堤防からも、雑木林や段丘の竹藪にさえぎられて見ることのできぬ淵であった。しかも早朝なのに、目撃者がいた。

晩秋から初冬に向かう季節、花房川には落ち鮎《あゆ》をねらって川漁師が簗《やな》をしかける。早瀬を上流に向けて逆八の字に堰《せ》き、その頂点に簀子《すのこ》を据えるのだ。堰かれて勢いを増した早瀬は簗に流れこむが、簀子になっているために水は下に落ち、鮎だけが取り残されるのである。

川漁師が簗をかなり頻繁《ひんぱん》に見てまわるのは、日中は獲物の鮎を鷺《さぎ》などの水鳥に、夜間は大喰らいの川獺《かわうそ》に横取りされるからであった。

沈鐘ヶ淵に流れこむ早瀬にも、簗がしかけられていた。その簗を見まわりに来た川漁師が、二人の凄まじい、しかし一瞬で決した闘いを目撃していた。

対峙《たいじ》した岩倉源太夫と武尾福太郎が、同時に突進したかと思うと、火花が散りそうなほどの勢いで激突し、武尾が背後に叩きつけられるように倒されたのである。源太夫の長柄刀《ながつかとう》が、一瞬早く武尾の喉仏を貫いたためだ。

腰を抜かした川漁師は、源太夫が武尾の遺骸《いがい》に合掌し、足早に歩み去ってからも、動くことができなかった。

その信じられぬような目撃談を、川漁師は家族や漁師仲間に、口から泡を飛ばしながら話して聞かせた。それだけではない、鮎を届けた西横丁《にしよこちょう》の料亭「花かげ」などの得意先で、恐るべき死闘の顚末《てんまつ》を繰り返し語ったのである。

一日もせぬうちに、二人の対決は園瀬の里の隅々《すみずみ》にまで知れ渡ってしまった。

源太夫と軍鶏道場の人気はさらに高まったが、その影響をもろに受けたのが、大谷と原の道場だったというわけだ。弟子たちのかなりの数が、岩倉道場に鞍替えしたのである。

藩主隆頼《たかより》の許可を得て、藩士およびその子弟を教導する目的で源太夫の道場は開かれた。束脩《そくしゅう》や月々の謝礼が不要ということもあり、それだけでも大谷や原にとっては不利なのに、道場主の腕のたしかさが次々と証明されては、ほかの道場はとても太刀打ちできない。

百姓や町人も通う町道場は、さほど影響を受けなかった。あおりを喰ったのが、藩士を弟子にかかえる大谷や原の道場で、まさに「顎《あご》が干《ひ》あがる」状態に追いこまれたのである。

「坐《ざ》して死を待つくらいなら、いっそ」

そう言ったのは長身の原満津四郎で、それに大谷内蔵助が応えた。

「とはいうものの、きゃつを討てるだけの腕を持った遣い手を雇《やと》うとなると」

「そのことよ。なにしろ櫛《くし》の歯が欠けるがごとく弟子が辞めるもので、手許不如意《てもとふにょい》ときておる」

原の言葉に大谷が溜息とともに応じた。

「かくなる上は、われら二人でやるしかないか」

しばらく無言が続き、やがて原が言った。

「闇夜に不意を襲い、挟撃すれば討ちはたせる、……はずだ」

「腕に自信があるあまり、きゃつはいささか驕慢《きょうまん》になっておる。いかに岩倉とはいえ、油断もしよう」

「やるか」

「やる。……やるしかない」

「あやつは近ごろ、碁《ご》に凝っているらしい。正願寺の和尚《おしょう》のところに、月に何度か行っておる」

「だとすれば、寺町を抜けて帰るな」

「提灯持ちは連れておらんとのことだ」

「あそこは待ち伏せにも、挟み撃ちにも絶好だ」

結局、二人がそれぞれ一番腕の立つ弟子を伴って、四人で源太夫を討ちはたそうとの相談がまとまったようであった。

酔い潰れたふりをして二人の道場主の企《たくら》みを聞いた留五郎は、翌朝、さっそく岩倉道場を訪れた。

庭に源太夫の姿がなければ、留五郎は妻女のみつか下男の権助《ごんすけ》に、「待たせてもらいますけん」と声をかける。しかし道場は覗かずに、源太夫が指導中は庭で待った。鶏小舎《とりごや》や唐丸籠《とうまるかご》の軍鶏を見ていると、飽きないどころか、時間が経《た》つのを忘れてしまうのである。

闘うためだけに生まれたような軍鶏は、均整が取れ、一切のむだがなくて美しい。留五郎は、ただただ見惚《みと》れてしまう。

おなじように血の色はしていても、軍鶏の鶏冠《とさか》は鶏のようにべろんとしていない。敵に銜《くわ》えて振りまわされないように、固く引き締まっている。そして、ちいさくて奥まった眼は鋭く、嘴《くちばし》は硬くて短い。幅ひろい胸と太くて長い脚、四本の爪と、そのすこし上にある尖《とが》った蹴爪《けづめ》。

すっくと立っているだけで、軍鶏は絵になる。

なによりも美しいのはその羽毛だが、おなじ羽根色は一羽としてなかった。もっとも多いのが猩々茶《しょうじょうちゃ》と呼ばれる赤褐色の羽毛だが、猩々にしても明るいのから暗いのまで何段階にも分かれていた。さらには艶のある黒い羽毛の烏《からす》、白黒が混ざりあった碁石《ごいし》、白笹あるいは銀笹と、あざやかなのからくすんだのまで、まさに千差万別である。

そして細くて長い蓑毛《みのげ》が頸《くび》をおおっている。金属光沢を帯《お》びた蓑毛は、ちがった色が幾重《いくえ》にも重なっているが、その一本をとっても、もとから先まで微妙に色が変化していた。

軍鶏は犬や猫とちがって、滑《なめ》らかな動きをしない。「クッ、クッ、クッ」あるいは「キョト、キョト、キョト」と、機械じかけのように断続的に頸を振り、頭を上下させる。そのたびに、重なりあった蓑毛が万華鏡《まんげきょう》のように変化して、ありとあらゆる色彩を見せてくれるのだ。

「よく、飽きぬものだな」

「あッ、先生。驚《おぶ》けさしたらいかん。ほら、軍鶏ぅ見とったら、ときの経つのも忘れるけんど、今日ばかりはな」と、留五郎は周りを見まわしてから、庭先を指さした。

「ちょっと、ええで?」

人には聞かれたくない話らしいので、源太夫はうなずいた。留五郎は先に立って、庭のはずれ、目のまえが濠という石垣の上で立ち止まった。

そこまで来れば、普通に喋っても母屋からも道場からも聞かれるおそれはないのに、留五郎は前夜見聞きしたことを、声をひそめて伝えた。

襲うのが長身の原満津四郎と、がっしりした体格の大谷内蔵助とわかれば、覆面をしていても意味がない。源太夫は難なく名指しして、かれらの出鼻を挫《くじ》くことができたのである。

「逆恨みもええとこやけんどな、待ち伏せて闇討ち言《ゆ》うんが、わいは気にいらん」

「それでわざわざ教えてくれたのか。礼を言うぞ」

「礼やなんて言わんといて。ただ、腹がたってな。ほんなことで先生が怪我でもされたらと思うと、じっとしとれなんだんじゃ」

「だがな、留五郎」唐丸籠を並べた庭にもどりながら、源太夫は言った。「武士は常に油断せぬよう心がけておるから、心配は無用だ。ただ、おまえの気持はうれしく思うぞ」

あとは軍鶏好き同士で、自然に軍鶏談義になったが、道場にもどるときに源太夫は、留五郎に「酒でも飲むように」と豆板銀を握らせた。

三

――久しく釣りにも行っておらんな。

孫とその祖父でもあろうか、子供と老人が掘割の石垣に並んで坐り、釣糸を垂らしている。

剣を除けば軍鶏と釣りだけが源太夫の楽しみであったが、弟子が増えたこともあって、近ごろは釣りに出かけられない。

「たまには息抜きに夜釣りでもいかがでしょう、大旦那さま」

下僕の権助が誘うと、「そうよな」と答えはするものの、億劫《おっくう》でその気にはなれないのである。

年齢《とし》のせいではないだろう、それで言えば権助のほうがひとまわり上であった。もっとも権助のねらいは、源太夫が夜釣りに持参する一升の酒を入れた瓢箪《ひょうたん》にある。

権助を供に夜釣りに出かけたこともあったが、道場のことや弟子のことが頭を離れなくて、釣りそのものを楽しめない。

道場を開いたときにくらべ、弟子の数は倍を超えていた。もちろん全員が毎日通って来るわけではなく、非番の日にだけ来る者もいれば、五日に一度、十日に一度という者もいる。そうかと思うと、当番の日でも、早朝あるいは城からの帰りにかならず顔を見せる熱心な者もいた。

番方《ばんかた》と呼ばれる武官の場合、職掌《しょくしょう》にもよるが、ほとんどは二日務《づと》めとか三日務めといって、一日置きか三日に一度、交替で詰所に出ればよかった。通常は朝の四ッ(十時)から夕の七ッ(四時)なので、時間はたっぷりとある。その気になれば休まず通うこともできたし、現に朝夕の二度、顔を見せる者もいた。

道場は夜明けから日の暮れまで開けてあり、弟子たちは自由に出入りしていた。一人で来る者もいれば、仲間と連れ立って顔を見せる者もある。

道場が混んでいるときには、素振りなどは庭でもできるが、さらに弟子が増えれば班分けするか、場合によっては夜稽古をしなければならないだろうと、源太夫は考えていた。

それだけではない。教授法を組織化する必要があることを、源太夫は感じていた。これまでも力量のある弟子に代稽古させていたが、何人かの師範と、その下に補助役というふうに、幹である源太夫、太い枝である師範、さらに小枝である補助役、そして樹葉である弟子たちと、組織を整えなければならないと思うのである。

とは言いながら、弟子が増えても源太夫は、時間を捻《ひね》り出して軍鶏を鍛えていた。

だが釣りとなると、沼や池など近場への往復だけでも四半刻（約三十分）、すこし足を延ばせば半刻（約一時間）はかかるし、花房川だとさらに時を要した。なにより

も時間に追われていては、釣りそのものを楽しむことができないのである。

そのような事情があって釣りからは足が遠退《とおの》いたが、夜なら時間が取れた。そこに釣りに匹敵する楽しみができたのである。

囲碁であった。

源太夫に烏鷺《うろ》の争いのおもしろさを教えたのは、正願寺の恵海《えかい》和尚である。二人はたがいに顔を見知っていたが、あいさつを交わすくらいで親しく話しあったことはなかった。

武尾福太郎に果たし合いを挑まれて撃ち倒したとき、源太夫は恵海に経をあげてもらい、埋葬の費用を納めて、懇《ねんご》ろに葬ってもらっていた。

ひと月後のおなじ日の早朝七ッ半（五時）に、恵海は無縁仏の墓石に向かって長い時間合掌する源太夫の姿を見た。しかし、声をかけなかった。

翌月のおなじ日は雨であったが、やはり七ツ半に、恵海は手をあわせて祈る道場主の姿を認めた。そこで初めて、声をかけたのである。

「ご奇特なことでございますな。なかなかできることではないと、感服しております」

「止むを得ぬ事情があったとは申せ、人一人殺《あや》めた罪は重うござる。このようなことでは償《つぐな》いきれませぬが、せめてもと。それに」

「……？」

「剣術遣いの宿命《さだめ》と申せばそれまでかもしれませぬが、武尾どのは、身許《みもと》についてなんの手がかりも残しておらんのです。だれにも知られず、異郷で死ななければならなかった。墓参りがせめてもの供養《くよう》だと、胆《たん》に銘じております」

茶を飲んで話しあううちに、恵海は源太夫が単なる剣術遣いとか、道場主でないことを理解した。「この男、ただ者ではない」との意を強くしたのである。

それにしても、源太夫の物静けさはどこからくるのだろうと、恵海にはそれがふしぎでならなかった。腕の立つ三人の武芸者を撃ち倒した剣豪とは、どうしても思えないのである。

体だけでなく、心も強靭《きょうじん》なのにちがいない、と興味は募《つの》るばかりであった。強固ではあっても、鋳物《いもの》のように脆《もろ》くはなく、鋼《はがね》のような粘《ねば》りを秘めた強靭さが感じられたのだ。

ただ者ではないとの恵海の思いは、ときとともに強まっていった。

ある日、権助が籠一杯の柿を正願寺に届けたことがある。雁金《かりがね》村の村人たちが富尊《ふそん》寺《じ》の住持を通じ、源太夫のために四季折々の果物を届けてくれるのだという。そのお裾《すそ》わけであった。

源太夫は、妻と上役の不義の現場に乗りこんで二人を叩き斬り、姿を晦《くら》ませた立川彦蔵を、上意によって討ちはたしたとき、孤児となった市蔵《いちぞう》を養子とした。満身創痍《そうい》になるほどの死闘を繰りひろげた敵手《あいて》の遺児を引き取るなど、並みの男にできることではない。

彦蔵が雁金村の郷士の出であったこともあり、それが村人たちの心を打ったのだろう。痩《や》せ地で穀類も満足に収穫できぬ貧しい村ではあったが、村人は源太夫に対し精一杯の感謝の気持を示していたのである。

権助の話では、源太夫は自分が討ちはたした三人の命日には墓参を欠かさないとのことであった。知れば知るほど、恵海のなかで源太夫の存在は、おおきなものとなっていった。

ある日、源太夫が訪《おとな》うと、恵海は碁盤をまえに棋譜《きふ》を開いていた。小坊主に茶を命じた恵海は、源太夫が棋譜を見ているので、

「碁をお打ちになられるのですか、岩倉どのも」

「いや、江戸詰のおりに、将棋の手ほどきを受けたことはありますが」

「なるほど、やはりお武家は将棋なのでしょうな」源太夫の怪訝《けげん》な顔を見て、恵海は説明した。「将棋は野戦《のいくさ》そのものではありませぬか。向かいあって陣を張り、将と兵を配しますが、それぞれの役割分担が決まっておりますからな」

王将の周囲を金将銀将などの側近が固め、最前列の歩はさしずめ徒歩《かち》の雑兵《ぞうひょう》となる。桂馬は寄騎《よりき》で、香車は槍隊《きょうしゃ》、弓隊、鉄砲隊といったところだろう。飛車と角行は主力部隊の大将で、臨機応変に迅速な行動を取る。

「敵の動きを睨みながら、絶えず部隊の配置を変え、王将を守護し、機をみて攻撃をしかけますな」

恵海の言葉に源太夫が応じた。

「桂馬や香車は迂闊《うかつ》に出すぎると、敵に背後を衝《つ》かれて身動きが取れなくなる。なるほど、まさに合戦《かっせん》です」

「ところが、囲碁の石はどれもおなじでして、一つ一つの石には、身分もなければ役

割もありません」

「それを交互に打つのに、強い石と弱い石ができ、いつの間にか勝敗が決してしまうのですな」

「いえ、石に強い弱いはありません。どの石も同格です」

「………」

「力がおなじだからこそ、いいかたちでの結び付きが生まれると、いかなる攻撃にも耐えられるし、攻めに際しても存分に力を発揮できるのです」

「その逆だと、集まってはいても烏合《うごう》の衆とおなじで、たやすく分断されて脆《もろ》くなってしまうということですか」

「さすが岩倉どの、よっくおわかりで」

などと話しているうちに、いつの間にか源太夫は、恵海和尚の手ほどきを受けるようになったのである。

そのうちに、「筋がよろしい。持って生まれた才能というしかありませんな」などとおだてられ、まんまと引きこまれてしまった。井目《せいもく》といわれる九子《きゅうし》置いた状態から、半年ほどで三子《さんし》の置碁にまで上達したが、そうなると、どうしてこれがおもしろい。

「おなじように盤をはさんで闘いはしても、将棋と囲碁の世界はまるで別でしてな」

和尚の言ったとおりで、石はすべてが同格でありながら、石を置く位置が一路ちがうだけで強くもなれば弱くもなる。囲碁のほうが、力や役割の決められた将棋よりも、源太夫には奥が深く感じられた。

はじめのうちは、武尾の墓参のあとで一局囲む程度であったが、月に一度ではもの足りなくなり、半月に一度、旬日に一度と次第《しだい》に回数が増えていった。

日中は弟子の指導があるので自然と夜になる。かれらは一夜に一局しか打たなかったが、そのかわりたっぷりと時間をかけた。

盤を囲んだあとで恵海が般若湯《はんにゃとう》を出すこともあれば、源太夫が一升徳利、あるいは大瓢簞に入れた酒を持ちこむこともあった。話が弾《はず》んで、寺を辞すのが遅くなることも多い。

大谷内蔵助と原満津四郎に待ち伏せされた夜も、源太夫は恵海和尚と二人で一升を飲んでいた。でありながら簡単に撃退してしまったが、それはだれにも見られていない。その夜、屋敷にもどると、みつと二人の子供、それに権助はすでに寝に就《つ》いていたので、気付いた者はいなかった。

もちろん、源太夫が喋るわけがないので、園瀬の里ではだれ一人としてその出来事を知らない。半月もせぬうちに、大谷内蔵助が姿を消したが、その理由を知る者もまたいなかった。あの夜、待ち伏せした一味の残り三人と、源太夫を除いては、だが。

四

「次回から互先《たがいせん》で願いますかな」

二人の道場主とその弟子による闇討ちを撃退してから、ふた月後のことである。一局囲んだあとでいつものように酒を酌《く》み交《か》わしていると、恵海和尚がそう言った。

その夜の勝負は源太夫が一目差で勝った。たがいに力を出しきっただけに、勝敗に関係なく満足のいく対局であった。

それにしても互先は早すぎはしないだろうか、と源太夫は思ったのである。勝ったとは言っても、所詮《しょせん》は置碁なのだ。

二子《にし》で打つことになったのが、襲撃された夜であった。源太夫としては、わずかふた月でそれほど腕があがったとの自覚はない。たしかに二度続けて勝ちはしたものの、二子の置碁である。しかも二局とも僅差《きんさ》で、大勝したわけではなかったのだ。

「碁は勝ったり負けたりするからおもしろいのであって、互先にしたおかげで連敗続きというのでは」

「なぁに、格段に腕をあげておられる。それに、真実の囲碁のたのしみは互先にこそありますからな」

「今でも十分にたのしゅうござるが」

「その比ではありません。置碁と互先では雲泥《うんでい》の差があります。そして、そのときがきたのですよ」

「………」

「何度も打っておりますとな、たいていの者は五局や十局に一度くらいは、大勝したり大敗したりするものです。ところが岩倉どのは、勝つにしろ負けるにしろ常に数目、ほとんど一桁《ひとけた》以内で、決して崩れることがありません。そのことが、本当にお強いなによりの証左《しょうさ》です。互先になっても、拙僧《せっそう》が勝つのは容易ではないでしょう。すぐに追い抜かれてしまいそうですな、岩倉どのの進歩には目覚ましいものがありますで」

「いやいや、それからが茨《いばら》の道ということでござろう」

「常人ならばそうかもしれませんが、岩倉どのは凡俗にあらず。坂道を登るのではなく、階段を駆けあがるような勢いというものがおありなさる。打つたびになにかを会《え》得《とく》されておられる。ゆるい斜面をあがるのではなく、段を駆け登っておられるようです。あるいは剣の強さと通じるものが、あるのやもしれません」

「そのように見えているとすると、足を踏み外すおそれあり。岩倉源太夫まだまだ未熟。本当の強さは、大地を足で踏みしめながら、一歩一歩、着実に坂を登り続けられることにあると思いますが」

「なるほど。ところで、どこまで登れば満足できるのでしょう。あるいは目標が達成されますかな」

「目標はあったとしても、たどり着くことはできませぬ。おそらく」

「すると、ひたすら強くなり続けねばならん道理ですが」

「武芸の者の宿命《さだめ》です」

「岩倉どのはそれだけ強くなられても、さらに強くおなりになりたいと」

「拙《せつ》は本当の強さにはいたっておりません。それゆえ、常に強くなりたいと願っておるのです。若かったころも今も、強くなりたいということに変わりはないですが、ただ」

源太夫がわずかな間を置いたので、恵海は先をうながしでもするように、静かに酒を注いだ。

「若いころは、ひたすらに強くなりたいだけでした。近ごろではいささか考えが変わり、ある高みに達すれば、闘わなくてもすませることができるのではないかと、愚考いたしております」

「闘わずして勝つということでござろうか」

「いや、闘いそのものをせずともすませられるかもしれぬと」

「それはどうですかな。強くなればなるだけ、倒そうという相手も増えます。岩倉どののねらいとは逆に、さらに多くの敵を作らざるを得ない」

「倒せると思うからこそ、闘いを挑む。とてもむりだとなれば、相手も諦めましょう」

例えばふた月まえの夜、大谷内蔵助と原満津四郎たちに襲撃されたおり、刀を抜きはしたものの、ほとんど斬り結ぶことなく撃退した。さらに強くなれば、闇討ちにあわず、果たし合いを挑まれずにすむのではないかと、源太夫は思うのである。

恵海は自分の椀に酒を注ぐと、そのままじっと見入っていたが、やがて面をあげて笑みを浮かべた。

「さすれば、人の埒《らち》を超えねばなりませんな」

「それはできぬ相談」

「鬼神とならぬかぎり、その域に達するのはむりでしょうが、挑まれてみてはいかがかな」

恵海と源太夫は十分な間をおきながら酒器を口に運び、その夜も一升を飲みつくした。


翌朝、大工の留五郎がやって来たとき、源太夫は庭に出ていた。六ツ（六時）まえという早い時間だったからである。

「なんだ、また仕事にあぶれたのか」

駆けてきたらしく、留五郎は鼻の頭に汗を浮かべ、息を弾ませていた。そして喋らずに庭さきを指さした。

濠に面した石垣の上で、留五郎は周囲を注意深く見まわしてから、声をひそめて源太夫に訊いた。

「先生、大谷道場のあるじが行方を晦ましたんは、ごぞんじで？」

「ああ、耳にしておる」

「ほな、舞いもどったゆうんも？」

「いや、それは知らん。いつだ」

「昨夜《ゆんべ》のことでな、原道場に入って行きよりました」

「さようか」

原道場のあるじは、大谷内蔵助と共謀して源太夫を襲い、失敗した、長身で怒り肩の原満津四郎である。とすれば、なにか企んでいると考えてまちがいない。

「それだけとちゃあう、内蔵助には顔も体つきもおんなじ侍がいっしょでな、先生」

「………」

「兄の馬之介《うまのすけ》は、内蔵助とはたしか一つちがい」

「年子の大谷兄弟か、思い出したぞ。兄は二十歳《はたち》で江戸表に出て、たしか五年ほどで道場を開いたと聞いておる」

「おなじ兄弟でも、馬之介は内蔵助とはちごうて腕が立ちます。園瀬なんぞの田舎《いなか》で燻《くす》ぶりとうないゆうて、こっちの道場は弟の内蔵助にまかせ、江戸へ出たっちゅうことで」

「その馬之介が舞いもどったのか」

「なんせ、仲のええ兄弟でな」

馬之介と内蔵助がそれぞれ七歳と六歳のおりに父親が斬り殺されたが、致命傷を背に負っていたため、武士にあるまじき後傷《うしろきず》を受けた臆病《おくびょう》者だと、お家を廃されてしまったのである。その後、二人は親戚を盥《たらい》まわしにされたが、父に捺《お》された烙印《らくいん》のために、どこでも冷遇された。

屈辱的な父の死のために常に侮蔑《ぶべつ》され続けた兄弟は、それに耐えながら、やがて憤《いきどお》りのすべてを武術の鍛錬に注ぎこんだのであった。まともな道場に通えない二人は、町人や百姓も学ぶ町道場に住みこんだ。喰わせてもらうのと剣を教えてもらうのを交換条件に、便所の肥汲《こえく》みをはじめ、いっさいの雑役を引き受けたのだ。

悔しさのたけを武芸に傾注したことで、もちろん素質もあったのだろうが、兄弟の腕はあがり、めきめきと頭角を現した。

どちらかが侮辱されたり、喧嘩を吹きかけられたりすると、馬之介と内蔵助は二人がかりで、完膚《かんぷ》なきまでに相手を叩きのめしてしまう。ほどなく「触らぬ神に祟《たた》りなし」と、だれもが敬して遠ざけるようになった。「狂い狼」の異名をとる、園瀬の里の鼻つまみ者である。

兄弟を支えているのは、世間に対する憎しみであり、理不尽《りふじん》さへの恨み辛《つら》みであった。ゆえに勝負に勝つことを第一とし、手段は選ばなかった。ひたすら暗く、壮絶な剣で、やがて道場主にも疎《うと》まれるようになって飛び出し、十代の後半で大谷道場を興《おこ》したのである。

もっとも道場とは名ばかりで、古い百姓家に手を加えただけのものだ。その一室で寝起きして、山羊《やぎ》や鶏を飼えば野菜の栽培もするという、なりふりかまわぬ暮らしぶりであった。

そのような札付き者の道場に入る弟子などいないだろうと思うと、さにあらず、「類は友を呼ぶ」のたとえどおり、おなじような連中が集まったのである。世の中に対して不満を抱き、鬱屈《うっくつ》した若者たちであった。

その多くは武家の次三男坊で、跡継ぎのいない家に養子に入るか、婿養子にでもならぬ限り、一生浮かばれない「部屋住み厄介《やっかい》」と呼ばれる連中であった。能力がありながら低く扱われすぎる、意味のない差別を受けている、だれもがまともに扱ってくれない、などと思いこんだ者ばかりである。

若いころには、程度の差はあってもだれもが抱く思いかもしれないが、それが極端に強いため、自分で制御できずに振りまわされてしまうのだろう。そんな若者にとって、大谷兄弟はよき理解者、頼もしい兄貴分と受け止められたようだ。

大谷道場の師弟の結束は強かったが、とりわけ兄弟の結びつきは強固だった。頼りにできるのはおたがいのみということで、馬之介と内蔵助は一心同体にならざるを得なかったのだろう。

弟の内蔵助が江戸に出向いて、兄の馬之介を連れもどったのだとすれば、源太夫に対する恨みを晴らすためとしか考えられない。

「ところで道場《どうじょ》の先生、なんぞあったんとちゃうで、内蔵助が兄《にい》やんを呼びに行ったんには？」

「知らんな」

「だったら、ええんやけんど」

「奥歯にものの挟まったような言いかただな」

「いや、わいは『ひさご』で二人の話を聞いたしな。それからほどのう内蔵助が園瀬の里から姿を消し、今度は兄貴を連れてもどったし」

「案ずるな。それに、わしは疚《やま》しいことは、なに一つしてはおらん」

「ほら、ほうかも知れんけんど……」

「おまえの気持はありがたく思うぞ」

留五郎はうすうすは勘づいているのかもしれないが、この呑兵衛に洩《も》らせば、たちまち尾鰭《おひれ》がついて、武勇伝としてひろまってしまうのがわかっている。源太夫は留五郎に、その日も酒代《さかて》を握らせた。

母屋にもどって茶を飲もうとしたところに、柏崎数馬《かしわざきかずま》と東野才二郎《とうのさいじろう》ら五人の主だった弟子たちが、緊張した面持ちでやって来た。

——なんだ、もう知ったのか。

そう思いはしたが、源太夫は顔には出さない。

「いかがいたした、早朝から。それも雁首《がんくび》をそろえて」

「先生にわたしたちの願いを、ぜひともお聞き入れいただきたく」

数馬が代表して口を切ったが、普段は物静かなかれにしては、いつになく興奮していた。

弓組竹之内《たけのうち》家の次男坊だった数馬は、武具組頭の柏崎家から婿養子に請《こ》われたが、娘が十四歳なので二年待つことになり、それまでに武術を身につけたいと入門した。半年ほど前に婚儀が執《と》り行われ、竹之内数馬は柏崎数馬となって、冷静沈着な若者から、さらに信頼できる男へ変貌《へんぼう》していた。それが何年か前に逆もどりしたと思わせるほど、落ち着きを失っていたのである。

数馬だけでなく、全員が思い詰めたような顔をしていた。

「それはできんな」

「ですが」と数馬は戸惑《とまど》ったように相弟子たちを見て、源太夫に顔をもどした。「わたしはまだなにも申してはおりませんが」

「顔に書いてある」

弟子たちは顔を見あわせ、数馬が思わず顔を撫でたので源太夫は苦笑した。

「書いてあるわけがなかろう。おまえたちの顔つきや、体つき、言葉になにもかも現れておる。と申して、それだけでは信じられぬであろうな」

だれも言葉を発しなかったが、目が「はい」と答えていた。

「おまえたちのうろたえぶりからすれば、大谷馬之介のことしかあるまい」

弟子たちの顔だけでなく全身に、驚愕が走った。あわただしく目の遣《や》り取りがあって、全員の視線を数馬が受け止め、

「そこまでごぞんじでしたら、率直に申します。当分のあいだ、わたしたちを道場に住みこませていただきたいのです」

「だから断る。それはできん」

「わたしどもは、先生に関しましては寸毫《すんごう》の心配もしてはおりません」と、東野才二郎が言った。「しかしこちらには、奥方や二人の若さま、それに下僕の権助が」

「やつがねらうのはわしだけだ。ゆえに、なんの問題もない」

「ただ、馬之介と内蔵助の兄弟は、常識の通じる連中ではありません」

才二郎がそう言うと、数馬も大きくうなずいた。

「狂い狼と呼ばれているほどの、無頼《ぶらい》の輩ですから」

「案ずるな」と、源太夫は強い口調で言った。「それとも、わしの腕をその程度と考えておるのか」

またしても、目による激しい遣り取りがあり、数馬の目がほかの四人の目を説《と》き伏せてしまった。

「わかりました。わたしたちの短慮でした。まことに申し訳ございません」

源太夫が黙ったまま何度もうなずくと、弟子たちは黙礼して辞し、そのまま道場にもどった。

五

普段と変わらない一日が始まったが、それは五ッ半（午前九時）に打ち破られた。岩倉道場のまえに、三人の男が立ったのである。馬之介と内蔵助の大谷兄弟、そして原満津四郎であった。

若い弟子は顔面蒼白となり、震える声で源太夫に取り次いだが、道場主の返辞を待つこともなく、三人は道場にあがりこんでいた。しかも履物《はきもの》を脱《ぬ》ぎもせずに、であ

る。源太夫は色めき立つ弟子たちを制して、

「当道場のあるじ岩倉源太夫である。武士らしからぬ無作法な振る舞いを、恥ずかしくは思わぬか」

「一人前の口を利くな。拙者は大谷馬之介である。兄として、弟の受けた侮辱をそのままにはできぬゆえ、晴らしに参った」

「内蔵助どのを侮辱した覚えは、とんとござらんが」

「そういう男だ。人に屈辱を与えておきながら、それすら覚えておらん。いや、気付いてもいないのだろう。まさに唾棄《だき》すべき輩とは、こやつのことだ」

「では聞くが、いつ、どこで、どのような屈辱を与えたと申される」

源太夫は馬之介ではなく、その横に無言で立つ内蔵助を睨みつけた。その射透すような眼光に、一瞬、相手はひるんだ。

あるいは内蔵助は、自分にとって不都合なことは伏せて、弟思いの馬之介の憤怒を煽《あお》りたてたのかもしれない。

「それに答える謂《いわ》れはない」

馬之介が吐き捨てたが、源太夫はあくまでもおだやかに応じた。

「聞かねばわかり申さぬ」

「問答無用だ。男なら尋常に勝負しろ」

「私闘には応じられん。木剣試合なら相手になってもよい」

「恐れをなしたか、卑怯《ひきょう》者めが」

「笑止千万。卑怯者呼ばわり片腹痛い。そこまで申すなら受けて立とう」

凛《りん》とした声に、弟子たちが息を呑むのがわかった。まさか師匠が、それほど簡単に果たし合いを受けるとは、思ってもいなかったのだろう。

源太夫は内蔵助と満津四郎を見て笑ったが、苦笑というよりはむしろ憫笑《びんしょう》であった。

――せっかく武士の情《なさけ》をかけてやったものを、通じぬとなれば致しかたないな。

との笑いである。

源太夫と目があうと、満津四郎はごくりと唾を呑み、内蔵助は思わずという感じで目を伏せた。完全に二人の気を呑んでいたので、源太夫にとっては、すでに相手は馬之介一人と言ってよかった。

翌朝の七ツ半（五時）、並木の馬場と約して三人が帰ると、弟子たちが源太夫を取り巻いた。

「介添《かいぞえ》は数馬と才二郎」

源太夫の言葉に、ほかの弟子たちが一歩まえに出た。

「先生、われらも」

「その要はない」

源太夫はきっぱりと言ったが、弟子たちは引きさがらない。

「あいつらのことです、どんな卑怯な手を使うか知れません」

何人もがおおきくうなずいたが、その真剣な表情が源太夫の苦笑を誘った。

「あの三人が、いかなる手を使うというのだ」

「門弟を伏せておくとか、あるいは矢を射かけさせるとか」

「すこし頭を冷やせ。何人の門弟が残っておる。どちらの道場も弟子の数は一桁で、満足に剣や弓矢の遣える者は残っていまい」

「それはそうですが」

「心を静かにたもつようにと、わしは日ごろから教えておるはずだぞ」

その一言に、弟子たちは恥ずかしそうに顔を赤らめた。

「よいか、うろたえてはならん。普段と変わることなく、さすがは岩倉道場の門弟だ、ものがちがうと、一目も二目も置かれるよう、毅然《きぜん》としておれ」やや間を置いて源太夫は続けた。「すこしは見習ったらどうだ」

弟子たちが源太夫の視線を追うと、大村圭二郎《おおむらけいじろう》が手桶で濯《すす》いだ雑巾《ぞうきん》で、三人の闖《ちん》入者《にゅうしゃ》が土足で穢《けが》した道場の床を拭《ふ》き清めていた。

血眼《ちまなこ》になって藤ヶ淵の大鯉をねらっていたころに比べると、この若者は、体は一まわり、そして精神的には二まわりも三まわりも成長していた。圭二郎は兄弟子たちに見られているとは知らず、雑巾を濯ぐと、きびきびした動作で床を拭いていた。

兄弟子たちにとっては、源太夫の説教よりもよほど堪《こた》えたようである。

数馬と才二郎を残し、ほかの弟子は源太夫に一礼すると稽古にもどった。

園瀬の里を取り巻いた花房川は、北に流れを変え、ほどなく隣藩へと東北の方角に流れて行くが、北に流れを変えるその手前に並木の馬場はある。

かつて戸崎喬之進《とざききようのしん》と酒井洋之介《さかいようのすけ》の果たし合いのおりには、藩士同士ということもあって岩倉源太夫が立会人をつとめた。だが今回は江戸の道場主の大谷馬之介と、園瀬で道場を開いている弟の内蔵助、おなじく原満津四郎で、三人とも藩士ではない。そのため藩庁へは事後に報告すればよく、立会人もいなかった。

源太夫は柏崎数馬と東野才二郎を引き連れて、早暁《そうぎよう》の並木の馬場に立った。

蹴殺《けころ》しを遣うことは、すでに前日、二人には伝えてある。武尾福太郎にしつこく問われたときには、若い身にのみ遣える技だとはぐらかしたが、年齢に関わりなく遣えなければ秘剣とはなり得ない。

蹴殺しを人に見せるのは当然として、遣うのも初めてであった。

数馬と才二郎は、おそらく前夜はまんじりともしなかったことだろう。気が昂《たかぶ》って眠れるはずがないのである。

これまでに三人と立ち会ったが、源太夫は必殺技を用いなかった。武尾との対決では、長柄刀《ながつかとう》によるもう一つの蹴殺しを遣ったが、本来の蹴殺しは敢《あ》えて封じた。

今回、初めて用いるには理由があった。相手は三人だが、内蔵助と満津四郎の力量はわかっている。敵は馬之介ただ一人で、しかも一撃で倒さねばならない。

なぜなら、あとの二人が数馬と才二郎に打ちかかる恐れがあったからだ。弟子たちがめきめき力をつけてはいるといっても、相手は曲がりなりにも道場主である。そして真剣での斬りあいは、道場での木剣試合とはまったく別物であった。場数をどれだけ踏んでいるかがものを言うのである。

「蹴殺しという剣を知っておるか」

「名前だけは聞いております。先生が編《あ》み出された秘剣だと」

数馬がそう答えると、才二郎もおおきくうなずいた。

「幻の剣だとのことですが、どのような技かはぞんじません」

数馬と才二郎は、食い入るように師の源太夫を見ている。二人とも拳を両膝に突いていたが、強く握りしめたために骨の部分が白くなっていた。

「知りたいであろう」

二人は答えることもできず、ただ、ごくりと唾《つば》を呑みこんだ。

「二十年以上も経つが、江戸詰のおりに軍鶏の鶏合わせ、蹴合わせとも言うが、それを見て閃《ひらめ》き、編み出した。一言で言えば、敵手の攻める勢いを利用して、それを倍にして返し、一撃、たった一撃で倒すというものだ」

言葉が弟子の心に沁《し》みていくのを待ち、たっぷりと時間を置いてから源太夫は続けた。

「蹴殺しにはもう一つ別の技があって、それは武尾どのに挑まれたおりに用いた。長柄刀による居合術で、相手の勢いを利して倍にして返し、一撃で倒すことはおなじである。だが若き日に編み出した、本来の蹴殺しは一度も用いてはいない」

もしも遭わずにすむなら、そうしたかったのである。

源太夫は当初はただ強くなりたい、敵手を倒したいとの一念のみで腕を磨き、秘剣「蹴殺し」を編み出した。しかし道場を開いて弟子を指導するようになり、かれの考えは次第に変化していった。最善の方法は闘いを未然に防ぐことであり、そのためには圧倒的な剣技を身につけるべきで、それを可能にしてくれるのが秘剣「蹴殺し」だと確信するようになったのである。意味のない血を流さずに済ませるための最短かつ唯一の方法が、蹴殺しだと確信するに至ったのであった。

秋山精十郎や立川彦蔵、さらには武尾福太郎との対決を経て、秘剣に対する考えには微妙な変化が起きていた。しかしそれを、弟子に言葉で説明しても理解できるわけがない。だから見せることにしたのである。

「わしは明朝、蹴殺しで闘う。どんなことがあっても、おまえたちは手出しをするな。ただ、わしの蹴殺しを、よく見ておけ」

二人の高弟の顔は、みるみるうちに茹《う》であがった蛸《たこ》のようになった。おおきく息を呑むと、「はぁーッ」と音を立てて吐き出したが、返辞ができなくて当然である。

よく見ておくようにとの師匠の言葉を、数馬と才二郎は源太夫がどちらかに蹴殺しを伝授するつもりだと受け取ったはずだ。だとすればそれは断じて自分でなければならないと、二人はおのれに言い聞かせたにちがいない。誤解はそのうちに解かねばならないが、今は技そのものを見せることのほうに意味があった。

興奮のあまり一睡もできなかったであろう二人の若者が、その昂揚《こうよう》を持続させたまま、源太夫のすぐ後ろの左右に立っている。

早朝の並木の馬場はまだ薄暗く、静まりかえっていた。

並んだ木々の向こうの道を、胴丸籠の紐《ひも》を背にかけて花房川に向かうのは、魚獲りの仕掛けを引きあげに行く川漁師であろうか。丸まった籠の胴が、調子を取りでもするように腰で揺れるのを見ていた源太夫は、弟子たちの緊張ぶりで、馬之介らが姿を現したのを知った。

水田に面した百姓《ひゃくしょう》家の集落を取り巻く道と、寺町を抜けた道が合流して西に向かい、城山のまうしろあたりで北に折れ曲がる。広大な並木の馬場はその一画を占めていた。藩士の乗馬の鍛錬と馬の馴致《じゅんち》が目的で設《もう》けられたものだが、そんな早朝に馬術に励《はげ》む者はいないので、閑散としていた。

道場主たちは、西への道を一直線にやって来たが、三人が並ぶと一杯になってしまうほどの道幅であった。

源太夫は馬之介だけを見ていた。体の動きと、そして足の運びを、である。

三人は街道から並木の馬場へと入って来たが、源太夫たちから五間（約九メートル）の位置でぴたりと止まった。

――肉を斬らせて骨を断つ戦法だな。

道路から馬場へ侵入して来たときの、馬之介の歩様《ほよう》の変化を源太夫は見逃さなかった。着衣の上からかれは筋肉の動きを見通し、馬之介の作戦を見抜いていた。

——馬之介よ、みずから墓穴を掘ったな。その細工が命取りになる。

源太夫は一歩まえに出た。

「いいか、黙って見ておれ」

「はい」

二人の弟子が答えるのを待って、源太夫は相手方に声をかけた。

「だれからだ。それとも、三人いっしょにかかってきてもかまわんぞ」

内蔵助と満津四郎がまえに出るのを、さっと腕をひろげて馬之介が制した。

「わしが叩っ斬る。おまえらは絶対に手出しをするな」

「そのようなもたもたした動きで、このわしが斬れると思うのか」

「ほざけ！」

叫んだときには抜刀し、真っ向上段に振りかぶったまま馬之介は突進して来たが、同じような勢いで地を蹴ったはずの源太夫が前傾姿勢のまま後退したために、泡を喰ったらしく、一瞬の怯《ひる》みがあった。だが瞬刻のちには勢いを倍増《ばいま》して猪突《ちょとつ》し、仕留めたとばかり斬りさげたが、切っ先は源太夫を掠《かす》りもしなかった。

驚愕のために目が飛び出さんばかりになった馬之介は、体勢を立て直すこともできぬまま、跳躍し、全体重を乗せて斬りおろした源太夫の太刀に、顔面を斬り割られていたのである。大刀を振りおろしたまま、馬之介は大地におのが身を叩きつけた。源太夫は止めを刺す必要がなかったが、なぜならすでに絶命していたからである。

四人の男、つまり、内蔵助と満津四郎、そして数馬と才二郎は凍りついたようになって、声を出すことすらできなかった。

刀身に拭《ぬぐ》いをかけると、源太夫は静かに鞘《さや》に納めた。鍔《つば》が触れるかすかな音で、四人はわれに返ったようだ。

「これが蹴殺しだ。さ、もどるぞ」

源太夫が弟子たちに声をかけて踵《きびす》を返すと、二人はあわてて師に従った。

内蔵助と満津四郎は喪神《そうしん》したのか、呆然と突っ立ったままである。

東の空はいくらか明るみを増していたが、天心はまだ濃い紺色、西の山の端《は》はほとんど夜のままで、無数の星が消え残っていた。

城山の背後の森に巣があるのか、水鳥の群れが餌《えさ》を漁《と》るためだろう、花房川のほうへ啼《な》きながら飛んで行った。

「せ、先生」と言った才二郎の声は震えていた。「あ、あれが蹴殺しですか。あれが秘剣の蹴殺してすね」

「そうだ。見たか」

「はい」

「どうであった」

「……わかりませんでした」

「わからぬ？　では見たことにはならん」

「ですが、電光石火でしたから」数馬が助け船を出し、続いて弁明した。「わたしは瞬《まばた》きをしなかったのに、なにが起きたのか皆目《かいもく》わかりませんでした」

そう思わなければ、自分を納得させられないのであろう。源太夫がよく見ておくように言ったので、かれらも必死に目を凝らしていたはずだ。師の動きのすべてを見ることはできなかったとしても、かなりの部分を見ているはずである。

だが、それは吹き飛んでしまったのだろう。道場で木剣や竹刀だけで稽古してきた者が、真剣勝負を、それも顔を叩き斬られ、血が噴き出し、飛び散るさまを見たのである。その凄惨《せいさん》さによって、そこに至る過程は記憶から消し飛んでしまったにちがいない。

源太夫は間を置いてから、静かに言った。

「ま、しかたあるまい。わしも最初のときには、イカズチが、いかにして敵手を倒したのか、まるでわからなんだからな。……五回」

「五回？」と数馬。

「イカズチ？」と、こちらは才二郎である。

二人の弟子が抱いた興味のちがいが、源太夫をおもしろがらせた。

「そうだ。イカズチはわしに蹴殺しを思いつかせた、無敵の軍鶏でな。五度目に敵手を倒したときになって、わしには、ようやくその技が見えた」

「いかにして見えるようになったかを、教えてください」

「そうだな、こういう機会だ。すこし寄り道でもするか」

源太夫がそう言いながら立ち止まったので、怪訝な顔で師を見た弟子たちは、その視線の先を目で追った。水田のひろがる盆地からと、寺町を抜けた二つの道が合流する位置に、白髪《しらが》頭の権助が立っていた。

能面の翁《おきな》のような顔をした下男は、かれらに気付くと顔をくしゃくしゃにして笑った。いや、手拭いで目を押さえたのだから、泣いていたのだろう。

源太夫はみつにも弟子たちにも、静かに帰りを待つようにと命じておいたが、権助は心配でならないみつに、そしておそらくは弟子たちからも、ようすを見てくれるように頼まれたにちがいない。禁を破っても叱責されないのは、一人、権助のみなのを、だれもが知っていたのである。

源太夫は泣き笑いの権助に、もどってみんなを安心させるようにと言った。そして、三人は寄り道して帰りは午《ひる》になるので、みつに多めに握り飯を作らせ、だれかにうそヶ淵に届けさせるようにと命じた。

権助は一礼すると、跳ねるように駈け出した。

「気をつけねば転ぶぞ」と声をかけてから、源太夫はあきれたという顔で言った。

「なんとも元気な年寄りではないか」

六

源太夫が正願寺の恵海和尚を訪ねたのは、馬之介を斃《たお》してから十二日後の夜であった。源太夫は権助を、和尚は小坊主を遣わして、たがいの都合を聞くようにしていた。

しかし正願寺は寺町のはずれにあるため、往復にかなりの時間を要するので、最近は大村圭二郎が権助の代理をつとめることが多い。ひと夏かけて藤ヶ淵の大鯉を餌付けし、土砂降りの朝、一度は釣りあげながら、糸を切られて逃げられた経験を持つ若者だ。それ以来、圭二郎は行動をともにした権助を、すっかり慕《した》うようになっていたのである。

「岩倉どの、ほどほどにしておかねば、そのうち、連日のように、あちこちの寺へ墓参しなければならなくなりますぞ」

烏鷺の争いのまえに、恵海は馬之介のことを引きあいに出して、それとなく牽制《けんせい》した。もっとも馬之介に関しては、源太夫に墓参する気は毛頭ない。それまでの三人とはちがって、武士の風上にも置けぬ輩、いや武士とは認めていないからである。

「それがしは、このまえのが最後になると思うておるのですが」

「それはあまりにも読みが浅い。碁ではあれほど深読みなさるのに、こういうことに関しては、あきれるばかりに甘うござるな」

「きついことを申される」

「でなければ、祥月命日《しょうつきめいにち》のみになされ」

「読めました。いつになく目潰《めつぶ》しをくらわすところをみると、本日の勝負には自信がもてぬと見ましたぞ」

「互先で初の対局ですのでな、ここで出鼻を挫いておかねば、岩倉どのを勢いづけてしまいますで」

そのような前置きがあって迎えた最初の互先は、黒番の源太夫が三目勝った。コミがなく、先番が圧倒的に有利なことを考えると、実質上は恵海和尚の勝ちと見ていいだろう。先手必勝で、力が互角であれば五、六目から七目は黒が有利とされているのである。

「これで拙僧が先番の次回が、おおいに楽しみとなりました。岩倉どのに初の、二桁以上の差をつけて見せましょうぞ」

「いやいや、返り討ちにならぬよう、くれぐれもお気をつけなさることです」

そのようにして始まった酒盛りだが、話題はどうしても心を占めている問題へと向かってしまう。それを恵海に語ることで、源太夫は自問自答しているときには得られぬ答に、たどり着けることが多かった。

「人に教えることは難しいものだと、近頃しみじみと感じております」

こんなときには、恵海は言葉を挟むことなく、そしてうながすことなく、静かに待ってくれる。

「道場では剣の技と、武士の在《あ》りようを教えればすむと思うておりました」

「実際にお弟子を教えるようになって、考えを変えられた。それとも変えざるを得なかった、と」

「剣の技も武士のあるべき姿も、それがしを見ておればおのずとわかると思うておりましたが、とんでもない思いちがいでござった。言葉をつくしてもわからぬことが、黙しておって伝わる道理がないですからな。それに弟子は一人一人みなちがう。あたりまえのことに気付かされ、教えられました」

「お弟子に応じて教えかたを変えるべく、いろいろと工夫《くふう》をなさっておられると」

「もちろんそれもありますが、そのまえにまず話すこと、わかるように話すこと、そしてわかるまで話すこと。それにつきると思いました」

柏崎数馬と東野才二郎を、うそヶ淵に連れて行ったのは、二人が知りたがっていることに答えなければならなかったからである。だがそのまえに、釘を刺しておく必要があった。

「武士たるもの、決して礼を失してはならない」

うそヶ淵の対岸の河原で、手頃な石に腰をおろすと、源太夫はそう言った。自分たちが師匠に無礼を働いたための叱責と勘ちがいしたらしく、数馬と才二郎は顔を強張《こわば》らせた。

たまには冷や汗をかかせるのもよかろうと、源太夫はしばらくのあいだ黙然と淵を見てから、おもむろに口を開いた。

「とりわけ、試合や果たし合いの場において、相手を挑発、あるいは侮辱することは、断じて慎《つつし》まねばならぬ」

二人の表情から、一瞬にして緊張が消えるのがわかった。

「ゆえに、道場や並木の馬場で、わしが大谷兄弟と原満津四郎をからかい、あるいは罵《ののし》ったは、武士にあるまじき恥ずべきおこないである。よって、断じてまねることのないように」

「しかし、あれは三人のほうが」

数馬の言葉に才二郎も同意し、

「そうです。土足で道場を穢《けが》すという、無礼を働いたのですから」

「まさにそのとおりだ。わしはやつらがサムライでないゆえ、それにふさわしい扱いをした。おまえたちにはわかっておろうが、なかにはあのようにするものだと、勘ちがいした者がいるやもしれん。それとなく注意しておくように」

「はい」

二人は声をそろえて返辞したが、「まさか、そんな間抜けがいるわけがない」と言いたそうな顔をしていた。

「そうしますと、そのようなもたもたした動きでと言われたのも、馬之介を挑発するためでしたか」

そう訊いたのは才二郎であった。

「では、気付かなかったのか」

「……？」

才二郎が首を傾げたので数馬を見たが、戸惑ったような顔をするばかりである。

「並木の馬場に来るまでの動きで、わからなかったのか」

「はい？」

「やつは鎖帷子《くさりかたびら》を着こんでおった」

「鎖帷子を！」

細い鋼《はがね》の鎖を網目状に編んだもので、それを着用すれば刃を透《とお》すことはない。しかし、その分動きが鈍る。

「やって来るのを見ただけで、それがわかったのですか」

数馬が信じられぬという顔で言った。

「言葉どおり、もたもたしておったから、言っただけだ。鎖帷子を着こむということは、攻撃より守りに重点をおいておる。短期決戦でなく、持久戦に持ちこもうとの考えだ。やつのねらいは、肉を斬らせて骨を断つ、でしかありえない。それゆえ、わしとしては瞬時で決する蹴殺しが仕掛けやすくなる。やつは自滅したのだよ」

数馬と才二郎は思わず顔を見あわせた。源太夫と自分たちの力量の、あまりにも大きな隔たりに気付いて、呆然としているのであろう。

「ところで、なんの話だったか」

源太夫がとぼけると、才二郎がちょっと考えてから言った。

「一撃で敵手を倒す、イカズチという無敵の軍鶏の闘いぶりを見て、蹴殺しが閃《ひらめ》いたという話の途中でした」

「それと、五回目にようやく技を見極めたという」

数馬はやはり、並木の馬場からの帰りとおなじく、回数にこだわっていた。

「五回もかかったのは、わしが未熟だったからだ。ただ、未熟ながらなんとかして知りたいと、必死に見凝《みこ》らした。すると回を重ねるごとに、次第に見えるものが多くなっていった」

つまりはこういうことなのだと、源太夫は絵解きをした。

目のまえのできごとを、実際の時間の半分で見ることが可能になれば、おなじ時間で普通人の倍のものが見えるようになる。ということは、おなじ時間では二倍のゆるやかさとなり、三分の一になれば三倍、四分の一だと四倍が見られる計算になる。だからその鍛錬を積めば、おなじように見ていても、普通人の何倍も細かく、そして多くを見ることができる理屈である。

「人の体はよくできたもので、鍛錬のしようによっては、かなりのことができるようになる。わしは夜でも目が見えるのだ」

二人の弟子は「まさか」という顔をしたが、もちろん師に対して声に出すような失礼なまねはしない。しかし、武尾福太郎の不可解な行為に接し、闇夜に目を凝らし続けたこと、それによって、星明かりだけでも物の輪郭がわかるようになり、人の表情さえおおよそは見えるまでになった、ということは理解できたようである。

ところが、おなじ時間でも二倍、三倍、四倍と、より多くを見ることが可能になるということは、簡単には納得できないようであった。

しばらく間を置いてから、源太夫は静かに切り出した。

「弓の名人に極意を聞いたことがある」

そこで言葉を切ると、二人は戸惑《とまど》ったような顔をした。話題が急に変わったので、源太夫がなにを考えているのか、わからなくなったのだろう。次になにを語ろうとしているのか、固唾《かたず》を飲んで待っているにちがいない。

「弓は流派によってちがいがあるが、その流派の的は八寸（約二十四センチ）の白い円の中に、二寸（約六センチ）の黒い丸がある。それを十五間半（約二十八メートル）の距離から射るのだ。手元でわずかに狂うだけでもはずれてしまう。的中させるのさえ容易でないのに、名人は百発百中、一つとしてはずしはしない。もっとも、だからこそ名人と讃《たた》えられるわけだな。さて」

と言葉を切ったが、弟子たちはひと言も逃すまいと真剣に聞いている。

「極意を聞いたのだが、名人はいとも簡単だというので、拍子抜けしたほどだ。名人はこう言った」

弓場《ゆば》の的の多くは練塀《ねりべい》などを背景に、砂土を盛りあげた場に設けられている。塀の上には松の枝がおおい被さるなどしているだろうし、その向こうは竹籔とか雑木林になっていることが多い。

名人は言った。

まず、的を左にして真横に、脚を肩の幅に開いて立つ。それからおもむろに的に顔を向ける。続いて的を見、弓と矢を構え、弦を矢尻の溝《みぞ》に入れる。左腕をいっぱいに伸ばし、右腕で弦を限度まで引く。そして弦を放す。

それがほとんどの者の手順だ。それではだめである。的を射貫《いぬ》けることもあるだろうが、はずすことのほうが多い。

「では、どうすれば百発して百中できるか。わかるか」

「いえ」

数馬が言うと、才二郎もうなずいた。

「的を見るが、弓矢は構えない。的を見ているつもりでも、人は的を見ていないのだ。遠くの竹籔や松の枝やその幹、練塀や上に並べられた瓦、なにもかもが見える。見ているつもりはなくても、自然と的以外のものも見ているのだ。

いいか、的を見なければならない。的だけを見るのだ。ひたすら的を見ていると、的に遠いところから、つまり周りから順に景色が消えてゆく。まずは雑木林や竹籔、練塀の左右の部分などだな。しかし、まだ松や塀のほとんどは見えている。ところが、的だけを見続けると、いつしか松も塀も消えてしまう。

そして、八寸の白い円と二寸の黒く塗られた的だけになってしまう。なおも見続けると、白い円も見えなくなり、ついには黒い二寸の的だけが残る。それでも弓矢は構えない。的を見続けるのだ。

すると、いいか、ここが大事なのだが、二寸の的が二寸でなくなる。日がとらえているのは的だけだ。目のまえは的だけ、目のまえはすべて的となる。すると、二寸の的が二寸ではなく、五寸（約十五センチ）にも一尺（約三十センチ）にも、そして最後には径が一間（約一・八メートル）もの大きさになる。自分より大きな的が目のまえにあるのだ。そこで初めて弓矢を構える。矢を放つと必ず的中する。自分よりもおおきな的をはずす者はいない。それが弓を射るに際しての秘訣、極意ということだ」

名人に極意を聞いたと言ったのは嘘で、少年時代に日向《ひゅうが》道場主の主水《もんど》に聞いた話である。あとになって、主水もまた人に聞いたか、本で読んだかで知ったとわかったのであった。

この例はわかりやすかったようだ。おかげでおなじ時間のはずなのに、まるで伸び縮みするように感じられるということも、ある程度は理解できたようであった。

七

「なるほど、獺祭《だっさい》ですな。手持ちの札をすべて並べて見せるわけですか」

「だっさい？　獺《うそ》の祭《まつり》のことでござるか」

「さすが岩倉どの、よっくごぞんじで」

恵海にそう言われて、源太夫はつい言いそびれてしまったが、その言葉は権助に教えられたばかりだった。

「拙者のやっておることは、川獺とおなじだということですな」

「さよう」和尚もおかしくてならないというふうに、満面に笑みを浮かべた。「獺祭魚《ぎょ》とも言いますが、そこから、詩文に故事を数多く引用することの意味にも使うらしいですな。唐の李商隠《りしょういん》という詩人が、自分の詩に、非常に多くの書物からあれこれを引用したそうで、詩文を作るときに書籍を並べひろげることにも用いるようです。岩倉どのは、さしずめ詩人ということですか」

「いやいや、川獺でしょう。しかしそれなら、わたしは獺祭を見ております」

「それは好運でした。川獺は夜の生き物で、昼間は巣穴で寝ております。獺祭が見られるのは、早朝か夕刻とのことだそうでな」

計算すると、並木の馬場が七ッ半（午前五時）で勝負は一瞬に決し、うそヶ淵に着いたのは六ッ半（七時）を越えてほどなくであったはずだ。早朝とは言えないが、曇天《てん》だったので川獺も獲物を漁っていたのだろうか。

「それにしても川獺は、驚くばかりに体のやわらかな生き物で、武芸者にあれだけの柔軟さがあれば、天下無敵でしょうな」

「すべてが武芸につながりますか」

恵海和尚は声に出さずに笑った。

かれらがうそヶ淵を望む河原に着いたとき、東野才二郎が「うそ」と言った。なにが嘘なのかと訝《いぶか》ったが、才二郎は淵で泳ぐ川獺を見つけたのである。

かれらが見ていると、びっしょりと濡れた鼬《いたち》よりややおおきい獣《けもの》が、川面から対岸の岩場にあがった。そいつは銜《くわ》えていた鮠《はや》か鮎《あゆ》と思われる川魚を、岩の上にそっと置いた。

川獺はちらりと源太夫たちを見たが、すぐに音もなく淵に滑りこんだ。そしてほどなく姿を現したが、やはり川魚を銜えており、さきほどの獲物の横に並べたのである。

長時間、水中にいるためだろうか、川獺の耳はほとんどわからないくらいに小さく、目も申し訳についているかというほどであった。尾が太くて長いのは、水中での舵取《かじと》りの働きをするからだろう。

そして、またしても川獺は、捕らえた魚を並べたのである。

「見せびらかしているのでしょうか、われらに」

「なんのために」

「そこまではわからん」

などと、突っ立ったまま、たわいない会話を交わしていると、五匹目を銜えて岸にあがった川獺は、それを並べずに喰い始めたのである。両後脚と太い尾で体を支え、上体を人のように真直《まっす》ぐに立て、両前脚を器用に、まるで人の手のように使って魚を摑むと、頭からまる齧《かじ》りした。実に速く、たちまちのうちに五匹を喰い尽くすと、川獺は音もなく水中に消えてしまった。

かなりの時間待ったが、それきり川獺は姿を見せなかったので、源太夫たちは手頃な石を選んで腰をおろしたのである。

かれらがうそヶ淵に着いてから、一刻（約二時間）ほどして、権助が握り飯と竹の水筒に入れた茶を届けてくれた。時間がかかったのは、みつが新たに炊《た》いたからだろう。

「だれぞに言いつければよかったのだ」と源太夫が言った。「重いし、道も遠い。権助にはきつかろう」

「いえ、権助めでなければならんのです、これだけは」

「ん？　どういうことだ」

「だれかに頼もうとすると、われが届ける、おれにまかせろと、若いお弟子が喧嘩をおっぱじめますでな」

「なるほど、よく気がまわるな。しかし残念だった。もう少し早ければ」と源太夫は対岸の岩を指さした。「あの岩に川獺が魚を並べるのを見られたのだが」

「獺祭を、でございますか」

「だっさい？　なんだ、それは」

「獺の祭と書いて、そう読むそうでございますよ。ウソともオソとも申しますが、川獺のことです。うそヶ淵は、すぐ近くに榎《えのき》の大樹があって、ほれ、あの大木です」と、権助は対岸の巨木を指さしてから続けた。「あの根方に川獺が巣をかけているので、そう呼ばれるようになったそうでございます。川獺という生き物には、奇妙な習い性《しょう》がありまして、捕らえた魚を、食べるまえに岸の岩などに並べるそうでしてね。人が先祖をまつるときの供物のように並べて置きますので、魚をまつるのにたとえて獺の祭、つまり獺祭というのだそうです」

源太夫が恵海和尚に言いそびれたのは、このことであった。

「権助はよくそんな言葉を知っておったな」

「はあ、いつでしたか、どこかで、小耳にはさんだことが、あったような、なかったような。はて、いつでしたかな」

「わしは知らなんだ。おまえたちは知っておったか」

「いえ」

「初めて聞きました」

二人の弟子は頭《かぶり》を振ったが、師に恥をかかせまいとしてではなく、真実知らなかったようである。

「それはともかく、疲れたであろう、すこし休んでゆくがいい」

源太夫がいたわりの声をかけたが、軍鶏が待っていますからと、忠実な下男は帰って行った。あるいは、うっかり弟子のまえで獺祭のことを喋って、源太夫に恥をかかせたと後悔していたのかもしれない。

権助のうしろ姿を見送りながら、源太夫は話を続けたが、語ったのは、すでに述べたように礼儀、イカズチ、蹴殺し、そして闇夜の鍛錬や伸び縮みする時間、弓の名人のことなどである。

そして最後に、柏崎数馬と東野才二郎に次のように命じた。

「蹴殺しについてはだれにも洩らすな。門弟にも伏せておくように。よいな」

「はい。……ですが」と、数馬は困惑気味に続けた。「いえ、もちろん話しはしませんが、話せと言われても話すに話せません。わたしにはなにがあったのか、まるでわからなかったのですから」

才二郎もおおきくうなずいて、

「先生、蹴殺しがどんな技かについては、お訊きしません。見ることができなかったのは、わたしと、それに数馬どのもですが、ともに未熟だからだと承知しております。ですが、いかにすれば、瞬刻のできごとを何倍もの時間をかけてのように見ることができるのか、お教えください」

源太夫は才二郎をまじまじと見、続いて数馬を見、ふたたび才二郎を見た。二人の弟子も、必死の思いをこめて師を見詰めた。

「すこしは自分の頭で考えたらどうだ。人に頼ってばかりいては、なにも身につかんぞ」

叱りつけて腕を組むと、源太夫は目を閉じた。とはいうものの目をかけている弟子たちである、練習法があるなら教えてやりたいとは思う。源太夫は頭の中を掻《か》きまわして、出てきたあれやこれやを篩《ふるい》にかけてみた。すると網目にかかったものがある。

目を見開いたが、相変わらず二人は源太夫を見詰めていた。

「考えたか。……どうやら、なにも考えておらんな」

「はい」

才二郎が正直に答えた。

「あきれて物も言えん。正直はいいが、それは馬鹿正直というものだ。……しかたがない、わしの話をきっかけにして、あとは自分で考えろ」

「ありがとうございます」

「例えばこういう方法がある。二人が向きあって、距離を置いて立つのだ。どのくらいの間あいか、などとは訊くな。自分で考えろ。一人がもう一人の顔を目がけて、団《どん》栗《ぐり》を投げつける。椽《くぬぎ》の団栗が、おおきさが手ごろでいいだろう。わかっておろうが、団栗でなければならないということはない。お手玉であろうと小石であろうと、なんでもいいのだ」

初めはゆっくりと投げ、何度繰り返しても躱《かわ》せるようになると、次第に速くしてゆく。段々と速くし、最後には全力で投げつける。

「なるほど」

膝を打った数馬に、源太夫は冷ややかに言った。

「そのくらいでよろこぶな、第二段階があるのだ」

全力で投げても躱せるようになれば、一尺ずつ距離を詰めていくのである。大事なのは、そうやって確実に体に覚えさせることであった。決して焦《あせ》ってはならない。一尺ずつだからいいのであって、一気に一間(約一・八メートル)も詰めないことだ。その訓練を繰り返せば、至近距離から投げられても躱せるようになる。

「戦国の世には、それを弓でやったという」

「いくらなんでも」

数馬がそう言うと、才二郎もおおきくうなずいた。

「それができるのだよ。もちろん、矢はそのままでは用いない。鏃《やじり》にはたんぽ、つまり、丸めて玉にした綿をつけるのだ。それでも目に当たれば失明することもある。どうだ、やってみるか」

二人の弟子は思わず顔を見あわせたが、先に才二郎が、

「団栗にします」

「わたしは矢です。ただし、団栗で鍛えてからにしたいですね」と数馬。

「団栗の背比べというわけか」

つられるようにつまらぬ冗談を言い、源太夫は失笑した。

弓矢を使って鍛える方法も、源太夫が若いころに師匠の日向主水に聞いた話である。

初めは十分に距離を置き、木刀を手に立って、ゆるめに矢を射てもらうのである。

何度も繰り返していると、残らず躱せるようになるので、すこしずつ強くしてゆく。可能なかぎり木刀で払うことはしない。そして全力で引き絞って放った矢も、躱せるようになると、一間ずつ距離を詰めてゆくのである。

木の実や礫を投げる場合は、あまり離れていては訓練にならないので、さほど距離を置かずに投げることになる。だから一尺ずつ距離を縮めてゆくが、離れた場所から射る弓矢では、尺単位で間あいを狭めても意味がない。そのため一間ずつ距離を詰めるのである。もっとも、ある程度縮まれば半間（約九十センチ）単位に切り替えたほうがいいかもしれないが。

「要は単調きわまりない繰り返しに、どれだけ耐えられるか、そして続けられるかどうかにかかっておる」

「やります！」

二人は声をそろえて言った。

「であれば、蹴殺しを見極める日も、必ずや来るであろう。ただし、わしが遣うことがあればの話だが。……ん、いかがいたした」

「遣っていただかねば、われらは見極められません」

数馬がそう言うと、才二郎もおおきくうなずいた。

「簡単に申すな。蹴殺しを遣うということは、人を殺めるということなのだ」

「ですが……」

「わかった。遣うときにはかならず見せてやる。だが、次は見逃してはならんぞ」

「すると岩倉どのは、どうしても、闘わなくてもすむ日が来るまで、強くなり続けたいというわけですな」

恵海和尚が源太夫の陶器の碗に、瓢箪の酒を注ぎながら言った。すでに残りがすくなくなっており、和尚は瓢箪の尻を高くあげねばならなかった。

「強い軍鶏は美しい、美しい軍鶏は強い」

「……………」

恵海は源太夫を見ながら、かれの言った言葉の意味をしきりと考えこんでいるふうである。今度は源太夫が、和尚の漆《うるし》の椀に酒を注ぎ、注ぎきった。

「わたしは江戸詰のおり、旗本の秋山勢右衛門《せいえもん》というおかたに、軍鶏のすばらしさを教えられましてね。そのおかたの口癖《くちぐせ》、いや、信念でした」

「強い軍鶏は美しい、美しい軍鶏は強い」

口の中で言葉を転がすように、味わうように、恵海は言った。

「どこか通じるものが感じられませんか。ある強さに達すると、闘う必要がなくなるかもしれない。ゆえに、闘わなくてもよくなるために、強くなる。強い軍鶏は美しい、美しい軍鶏をつくるために、強い軍鶏を育てる」

「なるほど、なるほど」

和尚が感心しているのを見て、源太夫は残りの酒を一気に飲んで器を置いた。

「はい、一升を飲み干しました。今宵《こよい》もよい酒でした」

「次回がたのしみですな」

「さよう、次はどの手でまいろうか、ですよ」

源太夫が立ちあがると、その夜も城山の裏手で、狼が長々と遠吠えをした。

軍鶏《しやも》と矮鶏《ちやぼ》

一

最初にやって来た日に、その男が並みの眼力の持主でないことはわかった。

五年前のことで、そのころ岩倉源太夫は御蔵番として勤めながら、息子修一郎《しゅういちろう》とその嫁の布佐《ふさ》と同居していた。

いずれの世界でもそうだが、同好の士のあいだで噂が伝わるのは速い。源太夫が軍鶏を、それも優れた軍鶏を育てているとの評判は、たちまちのうちにひろまってしまったようだ。そのため、さまざまな男たちが源太夫を訪れた。武家もいれば商人《あきんど》もいたし、さらには漁師の網元、香具師《やし》や豪農の主人まで、実に多様であった。

訪《おとな》う者のだれもが、強い軍鶏を手に入れたがっていた。かれらにとって強い軍鶏とは、鶏合《とりあ》わせ（闘鶏）で勝てる軍鶏のことである。中には遠まわしに金で、それもかなりの対価を払うとほのめかす者もいたが源太夫は撥《は》ねつけた。

なぜなら連中は、鶏合わせに金を賭けるからであった。金を賭けて勝負するからには勝ちたいとねがうのは当然だろうが、源太夫にはそれ自体が許せない。

命を賭して闘う軍鶏に対して、申し訳ないではないか。勝負に金を賭けることは邪道で、ましてやそのために軍鶏を売買するなどは、かれにとっては論外であった。

連中の、強い軍鶏を手に入れたいとの思いは、予想をはるかに超えている。それも、ただひたすらに欲しがるので始末におえない。

堀江丁に道場を開いてほどなく、雛《ひな》を盗みに入った不埒《ふらち》者がいた。そのときは下男の権助が気付いて追いかけたが、すんでのところで取り逃がしてしまった。もっとも、怪我《けが》をしなかっただけでも、よしとすべきだろう。

「見さげはてたやつだ」

「人の持っている物がいいから欲しいというのでは、まるで子供でございます」忠実な下男は相鎚《あいづち》を打ち、そして続けた。「しかし、たいした根性です。岩倉道場のあるじの軍鶏を盗もうというのですからな、見つかって斬り捨てられても、文句は言えないというのに」

「それにしても、いやな世の中になったものだ。用心のために番犬でも飼うか」

「犬ですか。犬は見知らぬ者には吠えかかりますが」と、権助は首を振った。「何度かやさしくしてもらうと、馴《な》れて尾を振りますから、信じてよろしいものかどうか」

それにたいがいの犬なら、手間暇かけずに馴らせるとのことである。菓子などを嚙んでから与えると、一度でそのぬしのにおいを覚えて吠えなくなる。食物をくれる相手は、犬にとって怪しい者ではない。

「唾《つばき》で憶《おぼ》えさせるのが、一番たしかだとのことですよ」

泥坊《どろぼう》などが商家に押し入る場合も、まず犬を手なずけておく。そしてその当日、唾をつけた食い物を与えながら、反対の手に持った風呂敷を頭にかぶせて巻きつけて、鳴く暇も与えずに絞《し》めてしまうのだという。それから仲間が悠々と押し入るのが遣《や》り口だと、下男はしたり顔で言った。

「ほほう、さすがに権助はくわしいものであるな」言われた下男が鼻を蠢《うごめ》かすと、すかさず源太夫は続けた。「だれに教えてもろうたのだ。それとも、どこかでやったことがあるのか。どうやら図星らしい」

下男が言葉に詰まるのを見て、源太夫はにやりと笑った。

軍鶏の件で人が来訪するようになってほどなく、源太夫は、かれを軍鶏の虜《とりこ》にさせた三千五百石の大身《たいしん》旗本秋山勢右衛門が、軍鶏好きとしては例外中の例外的存在であったことを思い知らされた。

それらの男たちとのちがいはたった一点、強い軍鶏を求める理由であった。勢右衛門は言った、「強い軍鶏こそ美しい」と。そして「美しい軍鶏を得たいがために、強い軍鶏づくりに励んでおるのだ」と言い切り、高笑いしたものだ。

江戸では大名や旗本、あるいは裕福な商人のあいだで、軍鶏の雛が高額で売り買いされていたが、勢右衛門はそれを情けないと嘆《なげ》いていた。賭け勝負となると、さらに嘆かわしいことであった。

源太夫のもとに来る軍鶏好きは、勢右衛門のように明るく大きな声では笑わなかったが、おそらく笑えないのであろう。軍鶏に熱中している男たちは押し並べて、どこか世間に対し斜に構えたような、鬱屈《うっくつ》した雰囲気を秘めていた。

ところでその男だが、痩せて小柄な五十代なかばの老爺《ろうや》であった。源太夫が庭に出、ゆっくりと軍鶏の唐丸籠を見てまわっていたとき、権助が連れて来たのである。

老人は手土産《てみやげ》の菓子折を渡しながら、結城屋《ゆうき》の隠居で惣兵衛《そうべえ》だと名乗った。その店なら源太夫も知っていたが、呉服町《ごふく》にある名の知れた太物問屋《ふとものどんや》であった。

権助が姿を消したので、源太夫は相手の来意がわからぬままに応対するしかなかった。

縁側に坐《すわ》ると、すぐに嫁の布佐が茶を出し、土産の礼を述べてさがった。

惣兵衛は丁重に頭を垂《た》れたが、茶には口をつけることなく、「さっそくで恐れ入りますが、軍鶏を拝見させていただいてよろしいでしょうか」と訊いた。そのときになって初めて、源太夫は訪問の理由を知ったのである。もちろん、否《いな》はない。

惣兵衛はうやうやしく頭をさげると庭に出、雄鶏《おんどり》の入れられた唐丸籠をゆっくりと、しかし立ち止まることなく見てまわった。それが終わると一羽の籠に一直線に引き返し、食い入るように凝視《ぎょうし》した。

長い時間、微動もしない老人に、源太夫は強い興味を抱いた。その籠にいるのは、孵化《ふか》してふた月ほどの若鶏《わかどり》である。金茶の羽色のところどころに笹の葉色や白がまじった、おおきくもないが、かといって見劣《みおと》りするほどちいさいわけでもない、ちょっと見にはありふれた一羽であった。

源太夫は若鶏の資質を知るために、組みあわせを変えながら、すでに何度か味見をしていた。味見とは稽古試合のことで、闘わせる時間は短くても能力の見当はついた。

惣兵衛が熟視している若鶏が、なみなみならぬ能力を秘めていることを、源太夫は数回の味見を試みてようやく知ったのである。ところが老人は一目で見抜いたらしい。

——この爺さん、自分にはとても歯が立ちそうにない。

心の中で舌を巻いていると、惣兵衛が源太夫を振り返った。

「雌鶏《めんどり》も見せていただいてよろしいでしょうか」

その目は二重《にじゅう》も三重もの笑いの輪で、輪郭が曖昧《あいまい》に見えるほどであった。軍鶏狂いが満悦したときに見せる、事情を知らぬ者にとってはとてもまともとは思えない、薄気味の悪い笑いかもしれない。

「ぜひにぜひに」

自分の返辞の仕方がおかしくて、かれは思わず声に出して笑ってしまった。相手もつられて笑ったが、ひかえめな含み笑いである。

雌鶏は雄鶏ほど多くはないが、少なくて三羽、多いときには七羽くらいを、卵を産ませるために飼っていた。小柄な老人は、雌鶏に関しても源太夫を唸《うな》らせたのである。

惣兵衛は碁石と呼ばれる白黒の羽毛がまじり、首筋に密生した細くて長い蓑毛《みのげ》に茶や金が流れている雌鶏のまえで、動かなくなった。

これでまちがいない。老人は本物を見抜く力をそなえた、正真正銘の軍鶏好きであった。源太夫は、突っ立ったまま微動もしない老人のうしろ姿を見ていた。髷《まげ》は申し訳のように細くて薄く、しかも白髪頭ときているので、風采《ふうさい》があがらぬことこの上もない。

それにしても不可思議な人物であった。やわらかな物腰、ていねいだが決して卑屈ではない言葉遣いは、それまで接した軍鶏狂いの男たちとは明らかに異質である。だが、おだやかではあったものの、やはり明るさはあまり感じられなかった。屈託《くったく》があるのだ。

縁側にもどって腰をおろした老人は、感服したように言った。

「さすが岩倉さま、こんなことを申しては失礼かもしれませんが、志《こころざし》がお高い。わたくしはあなたさまのようなお方と知りあいになれて、これほどうれしいことはございません」と言ってから、惣兵衛はあわててつけたした。「いえいえ、決してわたくしが岩倉さまのような立派な考えを持っているということではありません。ただ、軍鶏の値打ちがわかるお方がいらっしゃるというだけで、どれほど心強く感じたかをおわかりいただければと」

軍鶏好き同士だ、あとは言わずもがなであった。話題は自然と、いかにしていい軍鶏をつくるか、いかにすればいい軍鶏をつくれるかに集中した。かれらにとっていい軍鶏とは強い軍鶏であり、強い軍鶏は美しい軍鶏である。

では、美しい軍鶏をつくるうえでなにがもっとも重要であり、そして難しいか。

「血でしょうな」

「そう、血。新しい血」

二人とも黙ってしまい、一呼吸置いてから、老人が溜息とともに言った。

「それがいつ、どのように現れるかがわかりさえしますれば」

「なんの苦労もありはしない」

源太夫がそう受けて、二人はふたたび黙ってしまった。

軍鶏飼いにとって、いや、生き物を扱う者のすべてに当てはまるのかもしれないが、いかなるときを見計らって、どのような新しい血を入れるかが重要となる。

よく似た資質を持った雄雌を掛けあわせると、その能力が倍加することもあれば、相殺《そうさい》して駄鶏《だけい》になることもあった。異質の気性をそなえた二羽を掛けあわせても、それぞれの能力がどのように組みあわさるかは、孵《かえ》った雛《ひな》がある程度成長するまで答は出ないのである。

近親の掛けあわせが続くと血が濃くなってしまうが、それを「血が濁《にご》る」と言って軍鶏飼いたちは嫌った。しかし能力の高い血統同士だと、血が濃くなりすぎさえしなければ、優秀な個体を得られる確率は高い。

「それを突き止めようとして、ひそかに系図を作っている凝り性もいる、と聞いたことがございます」と惣兵衛は言った。「血の配分には、あるいは、濃淡《こさ》の割合についいての決まりがあるのかもしれません」

老人はしばし考えてから話し始めた。雛は父と母の血をそれぞれ五割ずつ受けている。父の父母、母の父母、つまり人で言えば祖父母になるが、それからの血は二割五分になる。

また父が別の雌とのあいだに産ませたのとも二割五分のつながりとなる。父の父が雌鶏に産ませたのとのつながりは、一割二分五厘である。惣兵衛によると二割五分だと濃すぎるのだが、一割二分五厘では薄いかもしれないとのことであった。

もちろん良血という条件つきだが、掛けあわせの関係をうまく調整して、二割から一割五分のあいだくらいにすると、理想の組みあわせによる軍鶏を得られるかもしれないと、惣兵衛は言うのである。

いかにも商人らしい思いつきだと、源太夫は舌を巻いた。惣兵衛は不意に口を閉ざしたが、系図を作っているという凝り性は、この老人だろうと源太夫は直感した。

ややあって、ちいさく頭を振りながら惣兵衛は言った。

「が、その秘密を探り当てた者はいないでしょう、おそらく」

「いたとしても、絶対にもらしはしない」

「そういうことでございますね」

だがそれができるのなら、なんとかして突き止めたいものである。

体格が良ければ有利ではあるものの、大きければ必ずしもいいわけではない。鈍《どん》重《じゅう》になって、鶏合わせで勝つことは難しくなる。しかし体力がなければ長丁場は闘えないので、その兼《か》ねあいが問題なのであった。

敏捷《びんしょう》さと体格の良さの釣りあいが取れるようにと考えながら掛けあわせるのだが、一番《ひとつがい》の雄鶏と雌鶏から生まれ、体高も体重もほぼおなじなのに、一羽は良鶏で一羽は駄鶏という例はいくらでもあった。

優秀な親の素質がすぐに子に伝わることもあれば、一代か二代を隔《へだ》てて伝わることもある。それは人もおなじだろう。軍鶏も人も、つまるところおなじ生き物なのだから。

談笑したのは一刻（約二時間）ほどであったが、源太夫は久し振りに心から楽しめる時間をもつことができたのである。惣兵衛から軍鶏を売ってほしいとか、交換してもらえないだろうかなどという打診がなかったことも、かれにはうれしかった。

もっとも雄鶏は当然だが、雌鶏にしたところで、老人の欲しい軍鶏を源太夫が手放すはずはない。それがわかっているからこそ、惣兵衛もむだなたのみはしなかったのだろう。

「うちの子たちも、そのうち一度、見てやっていただけませんか」

「ぜひとも拝見したい」

「わたしは深く悔いております。なぜもっと早くうかがわなかったのかと」

「…………」

「武芸者だというので、気おくれしておりましてね」

そう言って、惣兵衛は深々とお辞儀をすると帰っていった。

二

惣兵衛が軍鶏を、それもどのような育て方をしているのかという興味は、じっとしていられぬほど強かった。なにかと用はあったものの、その気になれば次の日にも出かけられないことはなかったのに、足元を見透《みす》かされるような気がして、源太夫はがまんした。

二日目を迎えた。一日置いたのだからいいだろうと考えたが、一日であろうと二日であろうと大差はない。

それよりも、そんなことにこだわって意地を張っていること自体が、自分がどことなく毛嫌いしている、いわゆる軍鶏狂いそのものではないのか。老人にはその辺りがわかっていて、児戯《じぎ》にも似た行動を笑っているかもしれない、……などと思うと、なにもかもが馬鹿馬鹿しくなってしまった。

結局、二日目の夕刻に、「明日の八ツ（午後二時）にうかがいたいのだが、ご都合はよろしいか」と、権助を遣いに出したのである。「お待ち申しております」が返辞であった。

惣兵衛の隠居所は寺町の、さらに先にあった。園瀬の城からは東北東、常夜灯《じょうやとう》の辻からだとほぼ北東に当たる城下のはずれである。

そこから、城山の裾をめぐって北西に進むと並木の馬場があった。さらに北へ向かえば、園瀬の盆地をぐるりと取り巻いた花房川が流れを変えて隣藩へと向かうのだが、その境には北の番所が設けられていた。

取り次いだのは無精《ぶしょう》ひげを生やした無愛想な中年男で、名を告げると黙ったまま先に立った。源太夫の声に気付いたらしく、母屋から惣兵衛が足早に出てきて、うやうやしくあいさつすると男をさがらせた。

「不調法者でして、とんだご無礼を。ではさっそくですが、見ていただくことにいたしましょう」

母屋の角を曲がると、少し離れて別棟が建てられていた。その壁に軍鶏の小舎が、差し掛けて作られている。

「岩倉さまのお屋敷は、ご同職のお住まいと近うございますから、なにかと気兼ねされているのではございませんか。軍鶏は刻をつげますからね、それも毎朝。軍鶏を飼っておりますと、どうしてもご近所に迷惑をお掛けすることになりますが、ここは隣家も離れておりますので」惣兵衛は、ちらりと源太夫を見て続けた。「もっと風流な隠居所と思われて、がっかりなされたのではありませんか」

源太夫はわずかに笑みを浮かべただけで、それには答えなかった。

たしかに、抱いていた印象とはあまりにもかけ離れていた。大店の隠居ともなれば、こぢんまりした、小粋《こいき》で瀟洒《しょうしゃ》な別宅に住んでいると想像していたのである。

ところがただひろいだけであった。庭といっても、築山もなければ泉水もなく、灯《とう》籠《ろう》も四阿《あずまや》もなかった。月夜になれば、狸が出て騒ぐのではないかという気がするほどの草原が大部分で、その一部を耕して野菜を植えてある。

屋敷の北側は雑木の林となり、敷地の西は竹籔で、その手前を溝といっていいほどの小川が南から北へと流れていた。竹籔の背後は城山に続く低い山地となっている。

何度か訪問するうちにわかったことだが、無口で無愛想な茂吉《もきち》という中年男と、その女房のチカが老人の世話をしていた。女房が炊事洗濯と縫物を受け持ち、茂吉が軍鶏の世話と力仕事という分担らしい。

世間の夫婦者は、亭主が無口だと女房がお喋りと相場が決まっているが、かれらは驚くばかりの似た者夫婦であった。うなずくか首を振るかしかしないので、源太夫は最初、気の毒な聾唖《ろうあ》者なので、面倒をみるつもりで老人が雇っているのだと思ったくらいである。

夫婦が喋っているのを目撃したのは、たしか三度目の訪問時であった。しかし会話と言える種類のものではなく、符丁のような短い言葉が行き交っただけで、二人はそれっきり黙ってしまった。

別棟に近づくにつれて鶏糞のにおいが強くなったのは、茂吉が権助ほどにはこまめに糞の掻き取りや小舎の掃除をしないからだろう。積みあげられた唐丸籠を見ても乱雑だし、菜切り庖丁や俎板《まないた》も散らかっていた。

小舎の内部は板によって三尺（約九十センチ）ほどの幅に仕切られ、一つ置きに軍鶏が入れられていた。前面には桟が等間隔に打ちつけてあったが、隣りあわせると、軍鶏は桟の隙間《すきま》から頸を出して突きあうのである。

仕切られたうちの二箇所に莚《むしろ》がかけてあるのは、おそらく鶏合わせをしたばかりなのだろう。闘った軍鶏の小舎は薄暗くしておく。軍鶏は目を閉じて、身動きもせずにひたすら体力の回復を待つのである。

角を曲がったが、小舎は鉤《かぎ》型に続いていた。さすがにどの軍鶏も、体格がよくて体の釣りあいもとれ、目に力が感じられた。しかし見ただけで「これは！」と心を奪われるほどの、凄みのあるのがいなかったのも事実である。

素質のある軍鶏を見抜く目は持ちあわせてはいても、卵から育てるという点では、惣兵衛も自分と同列なのがわかり、源太夫はいくぶん安堵《あんど》した。

雌鶏も見せてもらったが、どれもが水準以上だとは思うものの、やはり飛び抜けてすぐれていると感じたのはいなかった。

「うちの子たちを見ていただきたいなどと申したので、駄鶏ばかりでがっかりなされたでしょう」

「いやいや、そんなことは。それより、卵はどのようにしておられるのか」

源太夫が奇妙に感じたのは、矮鶏《ちゃぼ》の姿が見えなかったことである。

「そのことでございますか」と老人は一呼吸おいてから続けた。「岩倉さまは矮鶏に抱かせておられますが、わたくしはどうしても矮鶏が好きになれないのでございますよ」

卵を孵すことは、好き嫌いの問題ではないはずである。「はて面妖《めんよう》な」との顔をした源太夫を見て、惣兵衛はちょっと複雑な笑いを浮かべた。老人が母屋へと向かってゆっくりと歩き始めたので、かれもあとに続いた。

「矮鶏を見ますと、おのれの姿を見せられているような気がいたしましてね」

老人が小柄だからなのだろうかと思ったが、どうやらそれほど単純でもなさそうである。

「商人のような卑屈さが、どうにも我慢ならないのでございます。腰を低め、揉《も》み手をしながらお客さまの顔色をうかがいますでしょう。矮鶏もおなじです」

「すると、雌鶏に抱かせておられるのか、軍鶏の」

「それがむりなことは、よくごぞんじだと思います。軍鶏は雌も骨太で匁《もんめ》がありますから、卵を押しつぶすことがあります。とてもではないですが、抱かせる気にはなれません」

「とすると、いかようにして」

「わたくしが親代わり、いえ、親になるのでございますよ」きょとんとした源太夫を見て、惣兵衛は笑いを浮かべた。「それをお見せいたしましょう」

老人が玄関の板戸を、さらに障子戸を開けて建物に入ったので、源太夫も高い敷居をまたいで続いた。

ひろい土間となった中は、空気が湿っていて暗かった。幅のある一枚板の踏み台があり、すぐ四畳間、その向こうが六畳の表座敷である。四畳の右手はおなじくらいのひろさの板間であったが、おそらく食事もする居間として使っているのだろう。その奥が惣兵衛の寝室と思われた。

建物は百姓家を買い取ったものだとのことだが、大黒柱を中心に四つの部屋が配置され、家全体が「田」の字になっている。奇妙なのは土間が異様にひろいことで、四部屋ある座敷部分とほぼおなじであったことだ。

二人が表座敷に入るとひよこの鳴き声がしたが、声の出所は南に面した障子の手前にある箱であった。どうやら、人の気配を感じて騒ぎ出したらしい。

木製の箱は縦横が六、七寸（二十センチ前後）と一尺（約三十センチ）ほどで、高さが五寸あまりというちいさなものであった。

「孵すまでは温めなければならないので、ちいさなほうがいいのです。すぐにおおきな箱に移してやらねばなりませんが」

そう言って老人が蓋《ふた》を取ると、ぴよぴよと鳴くひよこの声が急にかしましくなった。箱の上部は網を張った重ね蓋なので、取りはずすことができるのである。

惣兵衛が蓋を取るとひよこは飛び出そうとしたが、いかに軍鶏の脚が太くて長いといっても、孵ったばかりのひよこにそれはむりであった。老人が箱に両手を入れてひろげ、掌《てのひら》を上にすると、雛たちはそれを踏み台に次々と畳に飛び出した。

それから惣兵衛にまとわりつき、膝をそろえて坐った老人の腿《もも》に飛びあがり、軽衫《かるさん》をつつくのがいるかと思うと、なかには早くも兄弟に飛びかかるのがいる。まだ嘴《くちばし》は黄色く、幅がひろくてやわらかいのに、それでも攻撃を仕掛けるところは、ひよことはいえさすがに軍鶏であった。

十羽ちかい雛が隠居の惣兵衛にまとわりついたが、一羽として源太夫には近寄らない。いや、関心を示しもしないのだ。

「わたくしめを親だと思うておるのです」と老人は相好《そうごう》を崩した。「軍鶏は、いや鳥はすべてそうらしいですが、卵から孵って、最初に見た動くものを親と思うとのことです。まあ、親だと思われて当然かもしれません。なにしろ二十一日のあいだというもの、つきっきりで面倒を見ましたから」

箱の中は常に人肌より少し高い温度に保《たも》ち、乾きすぎてはよくないので湿りにも留意しなければならない。さらには一日に数度、卵を転がしてやらねば死んでしまう。

「そう言えば、抱いて温めている卵を、ときに立ちあがって、転がしておりますなあ」

源太夫は、矮鶏が嘴で卵を回転させているのを見たことがあるが、あれにもちゃんとした理由があったのである。

それだけではない。卵には種がついたのとそうでないのがあって、種がついていないのは腐るし、ついてはいても必ずしも孵化するとは限らない。そのような卵は取り除かないと、育っている卵までだめになってしまうのだという。

また、ぶじに孵ったからといって、餌と水を与えさえすればいいというものでもない。徐々に箱の中の温度をさげて、二十日からひと月くらいかけて常温にもどすのだそうだ。

「親になるのも楽ではないですな」

「卵から孵ると、やっと一息つくことができます。二日のあいだは、水も餌も与えなくてよろしいですから」

そのあいだは、卵時代の栄養だけでまかなえるらしい。

雛が孵って今日で四日目だと惣兵衛は言ったが、ということは、孵化した日に源太夫のもとを訪れたことになる。

「それだけ気を遣って面倒を見ても、残せるのが一羽いるかどうかですから」

「割があいませんな、軍鶏道楽だけは」

「いえいえ、どんな道楽だって割はあいません。なにしろ道を楽しむのですから、大いなるむだです。むだだから楽しいのです」

裏戸が開く音がしたと思うと、まもなく盆を持った女が現れ、無言のまま二人のまえに茶を置いた。茂吉の女房チカで、無言のまま引きさがり、ほどなく裏戸が閉まる音がした。

源太夫は軍鶏を飼っているということ以外には、惣兵衛との共通点はほとんどないというのが実感であった。二つの輪はただ接しているだけで、まるで重なりあっていないが、それでいいのだとも思った。だからつきあっていけるだろうと、そんな気がしたのである。

その予感はまちがっておらず、源太夫と結城屋の隠居惣兵衛との付かず離れずの関係は、その後も続いていた。

しかし、源太夫の周辺には大いなる変化が起きていた。まず息子の修一郎に家督《かとく》を譲って隠居し、岩倉道場を開き、後妻をもらって子供まで儲《もう》けたのである。

道場を開いて三年目に入ると、源太夫も道場主らしさが板に付き、思うどおりの指導ができるようになっていた。かれは放任とはいわないが、根本的なことさえ押さえておけば、些細《ささい》な問題にはこだわらない主義であった。

それゆえ、稽古中に正造《しょうぞう》の姿が見えなくなることが何度かあっても、べつに気にもかけなかった。正造は町奉行配下の書役、森伝四郎《もりでんしろう》の息《そく》で九歳になる、年少組の目立たぬ少年であった。

三

ある日、正造の抜け出す理由が偶然にわかったが、なんと庭の、軍鶏を入れた唐丸籠のまえにしゃがみこんでいたのである。もっとも背中を見せていたので、最初はそれが正造だとはわからなかった。

源太夫は足音を忍ばせたわけではなかったが、少年はまるで気がつかない。すぐうしろに立って見おろすと、面相筆《めんそうふで》で籠の軍鶏を写生していた。

背後から覗き見ただけだが、九歳の少年とは思えぬその巧《たく》みな筆遣いに源太夫は驚かされた。均整のとれた立ち姿が、みごとに写し取られていたのである。しかし、それ以上のことはわからない。

突然、正造が弾《はじ》かれたように立ちあがった。さらによく見たいと思って源太夫が屈《かが》みこんだために、紙に影が落ちたからである。

無我夢中で描いていた少年は、まさか見られていたとは思いもしなかったのだろう。ゆっくりと首を捩《ね》じって、そこにいるのが道場主だと知ると、顔は一瞬にして強《こわ》張《ば》った。口をおおきく開けてわななかせたが、言葉を発することすらできないらしい。

でありながら、左手をそっとまわして描きかけの絵を背中に隠した。

「時折抜け出すので、なにをしておるのかと思うたが、ここに来ていたのか」

「申し訳ありません」少年は蚊《か》の鳴くような声で、ようやくそう言った。「お許しください。すぐ、もどります」

「叱りに来たのではないが」そう言って源太夫は母屋に向かって歩き始めた。「すこし訊きたいことがある」

庭からまわって表の間の縁側に腰をおろし、喉が渇いたので茶を淹《い》れるようにみつに命じると、正造にも坐るようにうながした。少年は距離をおいて浅く腰かけた。

「見せてくれぬか」

手を突き出すと、正造は観念して背中に隠していた紙を差し出した。

受け取って、源太夫はまじまじと絵に見入った。輪郭を描き終え、細部をある程度まで仕あげたところである。

均整のとれた軍鶏の姿、太い腿や鋭い鉤爪、流れるような蓑毛におおわれた逞《たくま》しい頸が、とても九歳の少年とは思えぬ筆遣いで捉えられていた。

さらに源太夫は頭部に目を移し、思わず唸り声を発してしまった。正造が描いた軍鶏の眼には、この鳥に独特な傲岸《ごうがん》さと狷介《けんかい》さが、精確に描き出されていたのである。

「それにしても、みごとなできであるな」

一瞥《いちべつ》すると、少年は硬い表情のまま、顔だけでなく首筋まで一瞬にして朱に染めた。

「わしには絵のことはわからぬが、この軍鶏は生き生きとしておる。特に眼がいい、生きた軍鶏の眼だ。だれかに習っているのか」

「いえ」

絵師の教えを受けずに描いたとは信じ難《がた》かった。軍鶏を描きたいという一念だけでこれだけの絵を描けるのだとすると、まさに天の与えた才能ではないだろうか。

みつが茶を持ってきたので、絵をそのまえに滑らせると妻は目を見開いた。

「まあ、おじょうずだこと」

まるで、子供のお絵描きをほめる言葉ではないかと源太夫は苦笑したが、考えてみれば九歳の少年のお絵描きなのである。ただ、それがあまりにも巧みなために、子供だということをつい失念していたのであった。

みつがちらりと正造を見たので、源太夫はうなずいてみせた。

「ああ、正造が描いたのだ、剣の稽古を抜け出てな」

まあ、とちいさく言って、みつは二人に微笑《ほほえ》んでから席をはずした。

「稽古は嫌いか」

「いえ」

「そうか。では、楽しいか」

「はい」

「そんなことはなかろう。最初は毎度のように、おなじことの繰り返しだ。なにが楽しいものか。わしはいやでたまらなんだな」

ちらりと盗み見たので、源太夫がうなずいてみせると、少年はすぐさま眼を逸《そ》らした。

「こんなことばかりやらされてなんの役に立つのだと、師匠を恨んだものだ」言葉を切ったが、反応がないので続けた。「だが、それは土台であって、土台をいい加減にしたものは、次に進んでも決して身につかぬ。いい加減な土台に、ちゃんとした家は建たぬのだ」

やはり黙ったままである。退屈しているのかもしれないし、現場を押さえられたので説教されるのはしかたがないと、諦めているのかもしれなかった。

「わしには絵のことはわからぬが……おっと、これは二度目になるな。年を取るとくどくなっていかんが、つまるところ、剣も絵も、大事なことはおなじだと思う。五百回の素振りをこなしてはじめて、思いどおりに木剣が振れる。何千何万という線を繰り返し描いて、思いどおりの線が描けるようになる。……よろしい、説教はそこまでだ」

少年の肩がわずかにさがったようであったが、おそらく気の張りが解《と》けたのだろう。

「ところで、どの軍鶏が気に入ったのだ」

言われて少年は自分が描いた絵を指差したが、それは当然だろう。だからこそ描こうと思ったのである。愚問であったと源太夫は苦笑した。

「そいつはいい軍鶏だ。美しいから喧嘩も強いぞ」

正造が顔をあげて、真剣な眼で源太夫を見た。それまでで初めて見せた眼である。

「美しいから、喧嘩も強い。そうおっしゃいましたか」

「そうだ。美しいから強いのだ。いいか正造、均整が、つまり釣りあいが取れた軍鶏は、どこから見ても美しい。軍鶏の闘いは激しいので、羽根を損《そこ》なってしまう。抜けたり折れたりするのだ。強い軍鶏ほど、相手を倒すのに時間がかからぬ。だから羽根も傷《いた》められずにすむ。胸前の羽根が抜け落ちて、そこだけ肌が剝《む》き出しになったのがおるであろう。そいつらは、体力があるので長い時間にわたって闘えるが、一撃で、あるいは短い時間で相手を倒すことはできないのだ。弱くはないが、強いとも言えぬ。いつまでも闘えるが、そのあいだに相手に蹴られ突かれて羽根が飛び散り、抜け落ちてみっともない姿になってしまう。きれいな羽根をしたのは、体の釣りあいが取れた強い軍鶏だ」

「これはきれいな軍鶏です」

「そうだ、強い軍鶏だ。正造には軍鶏のよさがわかるのかもし……」

そこまで言って源太夫は口を噤《つぐ》んだが、なぜならある思いが閃いたからである。

「ついてまいれ」

源太夫は、唐丸籠をほぼ等間隔に置いてある庭に、戸惑いぎみの少年を連れて行った。

「こっちは一人前の軍鶏だが、ここから先は生まれてふた月の若鶏だ。この中からおまえが一番いいと思うのを選んでみろ」

言われた正造の眼が、急に鋭く、真剣味を帯びて光を発した。道場では一度も見せたことのない、妙に大人びた眼であった。

少年は羽毛の美麗な成鶏《せいけい》にしか興味がなかったはずなので、若鶏を見るのはおそらく初めてにちがいない。

正造がすべての籠のまえでしゃがみこみ、それも随分と頭をさげるのでどうしたのかと思うと、若鶏の目とおなじ高さに自分の目をあわせているのであった。

その姿はいささか滑稽《こっけい》であったが、本人が真剣なだけに笑うわけにはいかない。源太夫は腕組みをしたまま、ゆっくりと少年のあとをついてまわった。

全部の唐丸籠を見終わった正造は、晴れ晴れとした顔で源太夫に笑いかけた。

「描いてみたいのが一羽いました」

源太夫が目顔でうながすと、少年はある籠のまえに小走りで進み、かれを振り返った。

ことによると、と半《なか》ば期待していたが、正造はそれを裏切らなかった。少年が選んだのは、源太夫が若軍鶏のなかで「これだ！」と目をつけた一羽だったのである。

少年の帰ったあとに、描きかけの絵が残されていた。改めて見なおしたが、やはり九歳の子供の手に成ったとは思えない。源太夫にしても、なにも知らずに見せられたなら、正造が描いたとは信じなかったであろう。描いているところを見ていながらも、真実とは思えないのである。

源太夫は紙の皺《しわ》を伸ばすと、手近な文箱に仕舞った。

それからは、正造が稽古の途中で抜け出すことはなくなった。しかも、前日までとは別人のように、真剣に稽古に励むようになったのである。

ある日、源太夫は帰ろうとする正造を呼び止めた。

「稽古のまえでもあとでも、いや、稽古のない日でもいい。好きなだけ軍鶏を眺めていても、描いてもかまわんぞ」

「ありがとうございます」

少年は両脚をそろえると、深々と頭をさげ、それからはにかんだような、かすかに困惑を交えたような複雑な笑顔を見せた。

四

夕餉《ゆうげ》には、森正造が話題にのぼった。あれだけの才能があるのだから、できることなら本式に絵を学ばせたいものだと源太夫がもらすと、池田《いけだ》さまにご相談なされてはいかがでしょう、とみつが言った。

池田秀介《しゅうすけ》は、源太夫が日向道場と藩校でともに学んだ幼馴染《おさななじみ》で、今は盤睛《ばんせい》と名を改めて藩校「千秋館《せんしゅうかん》」の教授方を務めていた。儒学の学者であれば、あるいは絵師の知りあいがいるかもしれない。

なるべく早く盤睛に逢うようにしようと考えていたが、そのまえに結城屋の隠居惣兵衛が訪ねてきたので、源太夫はある試《こころ》みを思いついた。

「五年前に初めてお見えのおり、一羽の若鶏のまえを離れませなんだな」と話しながら、源太夫は小舎に惣兵衛を誘った。「ここから先はふた月の若鶏ですが、も一度、選んでもらえぬか」

「それはまた、いかなるご趣向《しゅこう》で」

「それがしが、いいと思うのが一羽おりますのでな」

「なるほど、試《ため》そうとおっしゃる」

といったが非難しているわけではなく、その証拠に目は笑っていた。惣兵衛は若鶏を見てまわり、見終わると、一羽のまえに進み、悪戯《いたずら》っぽく源太夫を見あげた。

「いやいや、安心いたしました」

予想はしていたが、隠居は正造とおなじ若鶏を選んだのである。が、源太夫は正造のことは黙っていた。

惣兵衛と何度か往き来しているうちに、軍鶏を飼うことのほかには相通じるものなどないと思っていた二人に、意外と似通った部分があることがわかった。

例えば源太夫は、陽だまりに古い盥《たらい》を持ち出して軍鶏に行水をさせてやる。微温湯《ぬるまゆ》でていねいに洗って、筋肉をほぐしてやるのだ。

軍鶏のことはすべてそうだが、江戸詰のおりに知りあった旗本の秋山勢右衛門に教えてもらった。やわらかな筋肉ほど強靭《きようじん》である。それが俊敏さにつながり、ほんのわずかな差で敵手《あいて》を凌駕《りようが》するのだ。ゆえに、頸、肩、胸、腿の筋肉を、常にやわらかく保ってやらねばならぬ、というのが勢右衛門の持論であった。

さらにやわらかな筋肉ほど、長い時間疲れないでいられる。疲れると筋肉は硬くなり、動きが鈍って負けにつながる。それは剣士としての源太夫が実感したことで、だからこそかれは教えを守っているのである。

「行水でございますか。それはよろしいかもしれません」

惣兵衛の話を聞いて、今度は源太夫が驚かされる番であった。老人はなんと、行水どころか軍鶏といっしょに風呂に入るのだという。やることはおなじで、時間をかけて念入りに筋肉をほぐしてやるのである。

「いっしょに風呂に入るのが一番いいのですが、実は茂吉が」と老人は、無口で無愛想な下男の名を出した。「茂吉だけでなくチカもですが、思うようにさせてくれないのでございますよ」

なにしろ長々と湯船につかり、筋肉を揉んでほぐし続けるのである。年寄りのことだから、のぼせて倒れでもしたらと気遣ってのことだろうが、なにかあれば世話をしている夫婦の責任になるので、それを恐れていることは明らかであった。

軍鶏は一羽ではない。結局は一日一羽との入浴も許してもらえず、一日置きに一羽という条件で話しあいがついたのだが、時間が考えている半分、いや三分の一と短いので、十分にほぐしてやれないと老人は嘆いた。

「いいことを教わりました。行水でしたら納得のゆくまで揉んでやれますし、一日に何羽もの面倒をみることができます」

頭を悩ませていた問題のひとつが解決したからだろう、惣兵衛はほくほく顔であった。

行水だけではない。

実は老人も盗難に遭っていたのである。源太夫の場合は未遂《みすい》に終わったが、惣兵衛は盗まれてしまった。しかも期待をかけていた若鶏を三羽、一度にさらわれてすっかり気落ちしたことがあったらしい。

「知り合いの者にも聞きましたが、軍鶏を盗む者は、親鶏ではなくて必ず雛を盗むんでございますね。成鶏ですと羽色、体型、癖などでわかるからでしょうな」

しかし惣兵衛は、番犬を飼うという方法を採《と》らなかった。やたらとひろい土間に、夕刻に軍鶏を入れたすべての唐丸籠を運びこみ、翌朝の早い時間に外に出して、それぞれの小舎に移すのだという。

百姓家のひろい土間は、雨の日や夜なべに藁打《わらう》ち、縄綯《なわな》い、莚織《むしろお》りなどの作業をおこなう場である。収穫した籾《もみ》を入れた俵を置く場であり、莚に拡げて乾燥させている籾を、急な雨があれば運びこむ場所でもあった。

惣兵衛は農機具などを片づけ、土間に軍鶏を入れた唐丸籠を並べ、厳重な戸締りをして、軍鶏泥坊の害に遭わないようにしているのだという。

朝晩に十いくつもの唐丸籠を移動させるのは、大変な重労働であるが、それよりも時間のむだであると、無口な夫婦は機嫌が悪いらしい。軍鶏は決して、人の意のままにはならない。どれほど急《せ》かせても、胸を張って悠然と歩くので、無愛想なだけでなく気の短い夫婦は、いらいらを募らせるのだろう。

結局は手当てを、それもかなりの額を上乗せすることで、なんとか納得させたのだという。

旬日後にふたたび惣兵衛がやって来たとき、源太夫は正造のことを話した。それからおもむろに、文箱を開けると正造の絵を取り出して、惣兵衛のまえに滑らせたのである。

食い入るように見てから、老人は顔をあげて言った。

「たしか九歳だと」

「さよう」

「信じられません。おなじ九歳でこれほどの絵を描くとは」

おなじ九歳、の意味が汲《く》み取れなかったので、源太夫は怪訝な顔をした。

「わたくしには九歳になる孫がおりますが、それが絵を習っておりまして」

なるほどそういうことかと思ったが、五年も付き合って、老人の肉親に関する話題が出たのはそれが初めてだったことに、改めて気付かされた。しかし源太夫には、どんな場合であれ、相手が話さない限りあれこれと詮索しない。

「本人は絵師になりたいなどと言っておりますが、ただ商売をやりたくないだけなんでございます」

事情がわからないので、源太夫としては黙って聞くしかなかった。

「倅《せがれ》もわかってはいるのですが」

隠居はそのように問わず語りを始めたが、あちこちと飛んだ話をつなぎあわせると、おおよそ次のようになる。

惣兵衛の倅惣太郎《そうたろう》には三人の息子がいて、長男が礼一郎《れいいちろう》で十三歳、次男が智次郎《ともじろう》で年子の十二歳、三男が仁三郎《じんざぶろう》で九歳であった。

絵を習っているのは仁三郎で、父親の惣太郎も半ば諦めて好きにやらせているらしい。というのも、礼一郎と智次郎が仕事を継ぐ気で、まじめに修業しているからであった。

二人は同業の、それぞれちがう知人の店に小僧として住みこんでいた。みっちりと仕込んでもらい、手代になるころには父親の店にもどる手筈になっていた。

礼一郎に店を継がせ、智次郎には暖簾《のれん》を分けて支店を持たせるというのが、惣太郎の遠大な計画であった。仁三郎も小僧に出して、ゆくゆくは暖簾分けさせる腹積もりであったが、この末っ子はどういうものか商人を毛嫌い、いや頭から軽蔑していたのである。

惣太郎はなんとか従わせようとしたものの、結局は諦めてしまった。絵を習いたいというのは単なる口実で、どうせ才能などないだろうから、失敗するのは目に見えている。それに懲《こ》りて出なおすならそれでよし、でなければ勘当するまでだと匙《さじ》を投げたのであった。

「親に似ぬのは鬼っ子だ。爺さんの碌《ろく》でもない血をそっくりもらいやがって、というのが倅の憎まれ口でした」そう言って、惣兵衛は屈折した笑いをもらした。「爺さんというのは、おわかりでしょうがこのわたくしめでして」

気性や才能が親から子ではなく、子を飛び越して孫へと色濃く伝わることは、世間にはよくある。惣太郎はそのことを言って、三男仁三郎と父親の惣兵衛を同時に非難したのであろう。

思いがけない話を聞いたのは、その直後であった。

まるで矮鶏のようだと、商人の卑屈な態度を小馬鹿にしていた若き日の惣兵衛は、早くから粋《いき》がって賭場に出入りするようになった。それもサイコロ賭博などではなくて、はやり始めた鶏合わせ、つまり蹴合《けあ》わせとも呼ばれる闘鶏博奕《ばくち》に、である。サイコロや花札とちがって生きた軍鶏を闘わせるところが、新鮮で粋に思えたのであった。ところが世間知らずの若造で、しかも裕福な商家の倅というところに目を付けられた。

初めは例によって勝たせてもらったので、おれには博才があると勘ちがいし、世の中なんてチョロイものだと舐《な》めきってしまった。

あとは勝ったり負けたりだったが、ある日、打つ手のすべてがはまることがあり、一生に何度かというツキに乗ったのだと思いこんで大勝負に出たところ、みごとにひっくり返されてしまった。それだけではない。取り返そうとして深みにはまり、傷をますます深めたのだ。

嵌《は》められたと思ったが後の祭りである。

怪しげな連中が店に押しかけて凄んだが、父は黙って完済してくれた。しかも放蕩《ほうとう》息子を頭ごなしに叱るようなことはせずに、淡々と話したのである。

「おまえが商人というものを毛嫌いし、蔑《さげす》んでいることは承知している。だが世の中は、実際はそういう連中が動かしているのだ。今回のことでも、尻を拭いてちゃんとケリをつけたのは、おまえが小馬鹿にしている商人のわたしだ。つまり、おまえの言う矮鶏だよ」

それまでの惣兵衛なら反発を強めただろうが、自分が嵌められて餌食《えじき》になったことを痛感していたときだ。だから素直に聞くことができたが、そのあとで、父親はかれが考えもしていなかったことを言ったのである。

「人の一生は短いし、できることは限られている。まず人並みのことをやってから、あとは好き勝手にやればいいではないか。軍鶏になりたければ軍鶏になれ。だがそのまえに、いやそのためには矮鶏になれ。そうだ、おまえが毛嫌いし、小馬鹿にしている矮鶏になりきるのだ。徹するのだよ」

父が惣兵衛に言ったのは、商人になりきれ。金儲けの術を身につけろ。それ以外のなにごとも考えず、まずは一人前の商人になれ。そして嫁をもらい、子が生まれれば、特にそれが男なら徹底的に商売を叩きこむのだ。成人すればただちに嫁を取らせる。早くから仕込んでおけば、十分に独り立ちできるだけの能力を身につけているだろう。

「できる限り早く引き継がせて、隠居するのだよ。あとは思いのままだ。金はそこそこある。時間はたっぷりと、あまるほどある。軍鶏の喧嘩に金を賭けるなどという、ケチくさいことは考えるな。自分が納得のゆく軍鶏を、気がすむまで育てればいいではないか。人間わずか五十年、短い人生でいかほどのことができると考えておるのだ」

その結果が今の自分なのですと、惣兵衛はいくらか自嘲《じちょう》気味に、しかし多少の自慢を含ませながら語り終えたのである。

ところが源太夫は、好きなことをやりたければなるべく早く隠居になれとの言葉に従って生きたという老人の打ち明け話に、半ば呆然としてしまった。輪が接しているどころではない、少なくとも半分近くが、いやそのほとんどが、自分と重なりあっていることを知ったからである。

「ところでその」

「正造ですか」

「仁三郎、つまり孫の絵の師匠に紹介することはできます」

惣兵衛の話によると、れっきとした藩士で名は遠藤藍一郎《えんどうあいいちろう》、江戸で狩野《かのう》派の絵師に教えを受け、顕信《けんしん》の名を許されたと言うから腕はいいのだろう。園瀬藩でも絵を描くことで禄《ろく》を食《は》んでいるとのことである。

孫の仁三郎にとってもいい刺激になるかもしれないからと、老人はかなり乗り気であった。

五

時間ができたので、源太夫は藩校「千秋館」の盤晴池田秀介を訪ねた。かれの教え子を道場に住まわせ、面倒を見たことがあったので、盤晴は源太夫に借りを返さなければと気にしていたらしい。相談があるというと、身を乗り出してきた。

「適任なのを知っておる」と、源太夫が話し終えるなり盤晴は言った。「れっきとした藩士だが、江戸で狩野派の絵師に教えを受けた男だ。まだ二十代の半ばだが、絵の腕はたしかだし、人柄もいい」

「もしかすると、顕信、遠藤藍一郎ではないのか」

「なんだ、知っておったのか。だったら話が早い」

「いや、名前だけだ。会ったことはない」

惣兵衛と孫の仁三郎については、今は触れないほうがいいだろうと源太夫は判断した。そのため、正造についての概略を話すにとどめ、持参した軍鶏の絵を見せた。

盤晴の目は、目蓋《まぶた》が半分ほどもおりているために普段は眠そうに見えるのだが、よ

ほど驚いたのだろう、いっぱいに見開いて瞬きすらしない。やがて顔をあげ、

「すぐ連れてこい、会わせてやる。いやいっしょに行こう。早いほうがいい」

「まて、そうあわてるな。本人はともかく、親御さんと話してはいないのだ」

「一刻も早いほうがいい。日本中に名を知られることになるかも知れん逸材《いつざい》だぞ。遠藤の紹介状を持って江戸に向かわせるべきだ。こんな田舎の藩で、あたら才能を蕾《つぼみ》もつけずに終わらせていいのか。いや、どう考えたっていいわけがない」

「そう気を昂《たかぶ》らせるな。では、決まれば紹介の労を執ってもらえるのだな」

「あたりまえだ。わかりきったことを言わずに、おれにまかせろ」

もっと冷静な男だと思ったがと、帰路、源太夫は思わず笑みを漏らしそうになった。それにしても盤睛の興奮ぶりは尋常ではなかったが、裏を返せばそれだけ正造の才能がすばらしいということである。

ところが絵師を紹介するので、本式に絵を学んでみないかと持ちかけると、正造は困惑しきった顔になって黙りこんでしまった。

道場では個人を特別扱いしない。依怙贔屓《えこひいき》しているように誤解されるのは避けたいので、源太夫とみつは十分すぎるほど神経を遣っていた。たいていは、道場やその控室ですませてしまう。叱ったり用をたのんだりするときもおなじで、なるべく一対一

にならないようにしていた。

道場を開いた直後はさほど気にもしなかったが、いつのまにかそのような不文律ができていた。

その日も、正造にはそれとなく伝えたので、少年は後片づけなどをすませ、年少組の仲間が帰ってから母屋にやって来た。

絵師紹介の件ではおそらく雀躍《こおどり》するだろうと思っていたので、源太夫は予想外の成り行きにいささか困惑した。正座した正造は、握りこぶしを両膝についてうつむいている。

「どうやら、事情があるようだな。話してくれぬか。あるいは力になれるやもしれんし、よい考えが浮かぶこともあろう」

殻を閉じた牡蠣《かき》のように反応はない。

みつが饅頭《まんじゆう》と茶を運んできたが、目のまえに置かれたときに、正造はわずかに頭をさげただけであった。みつはちらりと源太夫を見てから、そっとその場を離れた。

「遠慮はいらんから食べなさい」

反応はない。源太夫は腕を組んで、思わず天を仰いだ。かなり経ってから少年に目を向けたが、やはりおなじであった。

ともかく言葉を引き出せないかぎり、解決の糸口はつかめないのである。かといってあれこれ話しかけたところで、ますます頑《かたく》なにさせてしまうだけだろう。

「父上になにか言われたのか」

正造がかすかに首を振ったので、それだけでもわずかな光明が見えたような気がした。

「すると母上か」

またしても黙《だんま》りである。正面からは攻めきれそうにないとすれば、作戦を変えて搦《からめ》手《て》より仕掛けるしかない。

そこで思い出したのが、うそヶ淵で柏崎数馬と東野才二郎に話した弓の名人の逸話であった。

十五間半（約二十八メートル）先にある的は、八寸（約二十四センチ）の白い円の中に、二寸（約六センチ）の黒い丸がある。名人は百発百中させるのだが、その極意は的を見続けることにあった。そうすると周囲が次第に消えてゆき、最後に黒い的のみが残る。さらに見続けると眼前いっぱいに的がひろがり、ついには見えるのは的だけとなる。これで外す者はいない。

正造はおおきく息を吸いこむと、ゆっくりとはき出した。源太夫がうなずくと、少年もうなずき返した。

「なぜこの話をしたかわかるか」

正造はかすかに首を振った。

「弓だけではない。剣にしても、鶏合わせにしても、すべての根本はおなじなのだ。見ることだよ。見る。ひたすら見る、見続ける。それが基本中の基本だ。このまえ、若鶏の中で一番いいと思うのを選べと言ったな」

「はい」

「おまえは、一羽だけ描きたいのがいると言った。正造が選んだのは、軍鶏名人が選んだのとおなじ若鶏だ」

首を傾げた正造に、源太夫は惣兵衛の名人振りについて話したのである。

「だからおまえの目はたしかだと思う。ちゃんと見るべきところを見ているからこそ、いい軍鶏がわかり、あれだけの絵が描けるのだ」

少年はまたしてもうつむいてしまった。せっかくきっかけを見出したというのに、逆もどりである。

「家の者に、父上や母上に見せたことはないのか」

「見せられません」

「見せられぬ、となｏ では、絵を描いていることも知らぬのか」

「あるいは母は、おそらくぞんじていると思います」

「わけがありそうだな。つらいならむりに話さなくていいぞ」

話し方を聞いただけで、正造がいい育て方をされていることはよくわかった。おそらく躾《しつけ》も行き届いているにちがいない。言葉遣いや表情が、とても九歳とは思えないほど大人びていることでそれはわかる。

源太夫に話さなくてもいいと言われたため、しばらく黙っていたが、やがて気持の整理がついたらしく正造は話し始めた。

「三年まえのことでした。猫の絵を、隣りで飼っている猫ですが、自分でもうまく描けたと思ったので、母に見せました。母はたいそうほめてくれて、父がお役所から、奉行所からもどられるなりお見せしました。ところが父は引き破いてしまわれた。それればかりか、ひどい剣幕で呶鳴《どな》り散らして。……いままで見たことのないお顔でした。真っ青になられた母は、ただ、申し訳ありませんと、繰り返し詫《わ》びるばかりでした」

それまで抑えに抑えていたものを、一気に吐き出すように正造は語った。いや、訴えたのである。肩がおおきく上下していた。

興奮が鎮まるまでには、かなりの時間が必要であった。やがて少年は、まるで瘧《おこり》でも落ちたかのように、平板で感情のこもらぬ声で続けた。

「何日かして、父がお役所にお勤めに出られたあとで、母に呼ばれました。それは哀しそうで、見ているのがつろうございました」

母の話は次のようなものである。

父親は一人息子の正造に、家を継いでもらいたいとねがっている。代々の仕事は藩の記録係であり、今は町奉行所の書役がお役目である。森家の者は、ちゃんとした文字が書けなくては仕事に差し支《つか》える。

正造はあれだけの絵が描けるのだから、字の上達も早いはずである。藩校でも書法は習っているが、もしその気があるなら書家について学ぶがいい。それと、武士である以上は武術もおろそかにしないでもらいたい。

しかし、絵は断じて許さない。楽しみのために描く、仕事に差し支えない範囲で、趣味として楽しむのならかまわないと考えているかもしれぬが、それはとんでもない思いちがいである。

仕事と楽しみの釣りあいは、思うようには取れないものだ。次第に比重が移って、主客が転倒する。結果は双方をだめにし、喪《うしな》うことにつながるのである。人として中途半端ほどみっともないものはない。武士は見苦しい生き方をしてはならないのだ。

そのようなことを言われたのである。

あるいは特別な事情を持った家族、親子、それとも夫婦の問題なのかもしれない。となると、それ以上関わることは憚《はばか》られるのだが、しかしながら、源太夫にはどことなく納得しかねるのである。

それよりもなによりも、正造が不憫《ふびん》であった。絵が好きでならないのである。描きたくてしかたがないのである。自分に人並みはずれた才能が備わっていることも、痛いほどにわかっているのだ。

ところが、父を怒らせたくない、母が叱られるのを見たくない、母の哀しそうな顔を見るのが辛いというだけの理由で、すべてを諦めようとしているのだ。

こんな理不尽があっていいものだろうか。輝けるばかりの未来が約束されているかもしれないのに、なぜ諦めなければならないというのだ、それもわずか九歳の少年が。

六

正造を送り出したあとで悶々《もんもん》としたときを過ごした源太夫は、一人で抱えこんでも解決策が見つかりそうにないので、翌日、ふたたび盤晴を訪れた。

「たしかに新八郎《しんぱちろう》の言うことはわからぬでもないし」と、池田盤晴は源太夫を道場時代の名で呼んだ。「それぞれの家の事情もあるだろうが、そんなことに頓着《とんちゃく》している問題ではないとわしは思う。大局的に見なければならぬこともあるからな」

「やはり、父親との直談判か」

「今回の件に関しては、それ以外に活路は見出せないだろう」

「しかし、それが解決に結びつかなかった場合は、平穏な家庭を掻きまわしてしまうことになる。わしは『当たって砕けろ』で、うまく行かなければ退散すればすむかも知れんが」

「だから大局観を持てというのだ。わしらは、不世出の天才が世に出る機会を、奪おうとしているのかもしれんのだぞ」

「父親を説得できる自信があるのか」

「あの軍鶏の絵を見せさえすれば、わからぬ者はいない」

「それほど単純な問題ではないという気がするのだ。わが子の飛び抜けた能力を知れば、たいがいの親はうれしい。顔には出さなくても、内心では狂喜するものだ。倅の能力は、おのれの能力を引き継いだものだからな。ところが正造の父親はそれを認めようとしない。あるいは認めたくないのかもしれん」

「なぜ」

「それがわからん。要するになにもわからぬので、迂闊《うかつ》に動くことができんということだ」

「八方塞《はっぽうふさ》がり、打つ手なし、か」

「ところで、遠藤という絵師は本物だと思っていいのか」

不意の問いかけで、盤睛はすこし驚いたようである。源太夫の考えを測ろうとでもするように、しばらくかれを見てから口を開いた。

藩では由緒ある寺社の年中行事、儀式、各地の祭礼、伝統芸能、さらには、名所旧跡の図録を残す作業を始めている。記録する意味と価値があるとの殿のお考えで、直々のお声がかりだが、その役を命じられたのが顕信遠藤藍一郎であった。

「その絵だが、ねらいはべつにあるらしい」とそこで切り、やや勿体《もったい》をつけてから盤晴は続けた。「そのような絵、とりわけめずらしい風習を描いた絵は、大名家への進物としてたいそう喜ばれるらしいのだ。各藩ではこぞって、腕のいい絵師を抱えているそうでな。相手は大名家だぞ。うまく描けるだけではだめで、目の肥《こ》えたやつら、ではなかった、お大名が喜ぶような絵をものする心得がなくてはならんのだ」

「まずは、その遠藤顕信という絵師に会ってみようと思う」

「まずはということは、やはり父親を説得する気はあるのだな。やたらと理由を挙げるので、悲観しておるものだとばかり思っておったが」

「ああ、この上もなく困難だと感じておる。難問山積だよ。だが、それはべつにして、殿さま直々のお抱え絵師に、話を聞いてもむだではあるまい」

「岩倉どのには絵の心得がございましたか」

源太夫が懐《ふところ》から絵を取り出したことが、よほど意外であったらしく、顕信遠藤藍一郎は驚きを隠そうともしなかった。

藩主のお声がかりとは言っても絵師の身分は低いのだろう、住まいはせまく、仕事場は四畳半の居室を兼用していた。絵具や紙の類が棚に几帳面《きちょうめん》に整理され、机上の筆立てには何種類もの絵筆が、太さや長さ、穂先の形、大小などに分けて入れられている。

藍一郎は大柄でやや色黒、眉が濃く、おおきな鼻が目立つ男である。面構えには不釣りあいに、やさしく澄《す》んだ目をしていた。その目が鋭さを増したと感じられたのは、絵を見た瞬間だけである。見たといってもほんの一瞬で、すぐに机上に置いた。

「独学でこれだけ描けるとしたら、たいしたものです」

「独学？」

「我流、つまり絵師について学ばれたわけではありませんね」

「一瞥《いちべつ》しただけで、そこまでおわかりか。さすがだと感服いたしたが、描いたのはみどもではござらん。軍鶏道場をごぞんじかな」

「園瀬の住人で知らぬ者はおりませんよ」

「拙者はその道場主の武骨者で、絵ごころなどは微塵《みじん》もござらん。打ち明けるが、描いたのは弟子でしてな。年少組で九歳」

若い絵師は目を見開くと、机上の絵を改めて手にし、今度は食い入るように見た。隅から隅までていねいに見ると、遠藤顕信は絵を下に置き、おおきな溜息をついた。

「みどもは不調法で絵のことはまるで解さんが、素人目にも並みの絵ではないと思ったのでな」

「お引き受け申すので、すぐにもお連れください」

「あいや、弟子にしていただきたいとのねがいにまいったのではござらぬ」

「と申されると」

「くわしい事情まではわからぬが、どうやらいろいろと家の問題があるらしい。父親が絶対に、絵を描くことを許さぬとのことでしてな」

「同道いたします。いっしょに父親を説得いたしましょう」

「待たれよ。そう性急に」

「早いほうがよろしい。善は急げと申します」

「二人で乗りこんでは、ますますこじれて収拾がつかなくなってしまうやもしれぬ」

源太夫は目で藍一郎の興奮を鎮めた。言葉よりもそのほうが効果があったようで、ほどなく相手は冷静さを取りもどした。

若い絵師の興奮ぶりだけで、正造の素質のほどがよくわかった。かれにはそれだけで十分であったが、遠藤藍一郎に説明せずに辞するわけにはゆかない。

源太夫はそれまでの経緯《いきさつ》を、軍鶏老人の惣兵衛や池田盤晴のことなどは省《はぶ》いて話した。

ともかく正造は絵が好きで、描きたくてならないのに、父母のために諦めようとしている。本当に才能があるなら、花開かせる手伝いをしたい。そのためには父親を説得しなければならないが、本当に優れた素材なのかを確認したくて、藩の絵師である遠藤顕信に絵を見てもらったことを、である。

「わかりました。拙がお役に立てるようでしたら、どのようなことであろうと、お申しつけください」

礼を述べて辞した源太夫は、伝四郎が奉行所からさがる時刻を見計らって森家を訪れた。

すぐに姿を現した伝四郎は、四十歳の初老で、頭が胡麻塩《ごましお》ということもあり年齢よりも老《ふ》けて見えた。終日、机に向かって書き物をしている職掌柄、いくぶん猫背である。それもあって、よけいに年寄りっぽく見えるのかも知れなかった。

「これは岩倉さま、よくぞお越しくださいました」伝四郎は、満面に笑みを浮かべて源太夫を請《しょう》じ入れた。「当方からお礼にうかがわねばと思っておったところです」

源太夫が怪訝な顔をしたので、あるじはすぐに続けた。

「倅が、正造めの心がふらふらとして定まらずに、心を痛めておりました。それが突然、性根が据わりましてな。稽古に身を入れておるかどうかは一目でわかります。ふしぎに思って訊きましたところ、師匠が、岩倉どのがこんこんと諭《さと》してくだされたとのことで。それも弓術の的の喩《たと》えゆえ、実によく理解できたと申しておりました。なんとお礼を」そこで気付いたらしく、あわてて言った。「これはいけませぬ、玄関で立ち話とは。どうかおあがりを」

「いや、本日は」と、源太夫は正造の描いた絵を取り出した。「これについてのご相談を」

絵を見るなり伝四郎の表情が豹変《ひょうへん》し、おだやかだった顔が、刷毛《はけ》で掃《は》きでもしたように憎悪《ぞうお》に塗り替えられた。

「それを餌に倅を誑《たぶら》かしたのだな。急に人が変わったので、怪しいとは思っておったのだが、ぬしが操っておったのか」

「冷静に、ともかくお話を」

「言語道断である。聞く耳は持たぬ。帰れ！　帰れと申すに」

弁解するまもなく、源太夫は玄関から突き出されたのである。

自分の短慮から最悪の事態を招いたと思うと、悔やまれてならなかった。それにしても源太夫は、伝四郎があれほどに拒絶するとは考えてもいなかった。こうなると、もはや修復は不可能と考えてまちがいないだろう。

おそらく正造とその母親は、手ひどい叱責を受けるにちがいない。

なによりも少年に対して申し訳がなかった。子供なりに懊悩《おうのう》したではあろうが、最終的には、なにからなにまでとはいかなくても、ともかく家の事情を打ち明けてくれたのである。

それなのに自分はなんの解決も、その方向も見出せないまま、正造を窮地に追いこんでしまったのだ。あわせる顔がない、というのが正直な気持であった。

七

残念なことに危惧《きぐ》は的中した。

翌朝の四ツ（十時）、道場に母親の小夜《さよ》が訪ねてきたのである。

「正造の母でございます。息子が大変お世話になりました」と言われるまで、源太夫にはだれなのかわからなかった。伝四郎が初老ということもあり、それ相応の年齢だと思っていたからかもしれない。

小夜は後妻であった。先《せん》の妻が子を生《な》さぬまま亡くなったので、十八で森家に嫁入りし、翌年に正造を産んだというから、二十七歳ということになる。若いはずである、夫とはひとまわりの開きがあったのだ。

書役の伝四郎は朝の五ツ半（九時）に町奉行所に出て書類の整理や書き物を始め、四ツには町奉行が仕事に取り掛かる。その時間を見計らって、小夜はやって来たのだろう。

伝四郎の退出は、特別な事情がないかぎり七ツ（四時）であった。

年少組の弟子もいたので、源太夫は母屋にまわってもらった。そして自分もそちらに向かいながら、そのときになってあいさつの言葉がおかしかったことに、思い至ったのであった。たしか、「息子が大変お世話になりました」と言ったはずである。

案じたとおり、小夜は正造の弟子を取り消しに訪れたのであった。

正造の母は整った顔立ちをしていたが、痛々しいほどやつれていた。その原因が自分の軽はずみな行動にあるだけに、源太夫は母子に対して申し訳なくてならず、まずそのことを詫びた。

「そうではありません」

濁りのない、すがすがしく、さわやかで気持をおだやかにさせる声である。正造の眼差《まなざ》しとどこか共通したものがあるのを、源太夫は感じずにはいられなかった。

「わたくしはむしろ、主人に会っていただいてよかったと、心から感謝しているのです」

「いや、その力もないのに、身のほど知らずでした」

「とんでもないことでございます。問題を常に先送りしようとして、ごまかし続けてまいりましたわたくしの気持を、光の中に取り出して、見るようにし向けていただいたのです」そこで小夜は言葉を切り、逡巡《しゅんじゅん》してから続けた。「このようなことは、女の口から話すことではないのでしょうが、正造の弟子を取り消していただきたいと一方的に申すだけでは、岩倉さまも得心してはいただけないでしょうから、家の恥ではありますが」

そんなふうに小夜は喋り始めた。

小夜はくわしくは触れたがらなかったが、源太夫を追い返したあとの伝四郎の荒れようは、それまでに類のないものであったようだ。正造と小夜を坐らせて、堰《せき》を切った奔流《ほんりゅう》のごとき罵詈雑言《ばりぞうごん》を浴びせたのであった。その嵐を一身に受けながら、不意に彼女は覚《さと》ったのである。

この子、正造は自分が身を挺《てい》しても守らねばならない。弟子というだけの理由で、赤の他人の源太夫さえ夫を説得しようとしてくれたのだ。母の自分はなにをしてやったか、なにもしてはいない。ただ我慢すること、いっしょに耐えることを訴えたにすぎなかったのだ。

これでは母と言って胸を張れないではないか。他人に頼ってはならない、この子はわたしが守る。いや、わたしにしか守れないのだから。

そう覚った瞬間に、夫の怒りは空疎《くうそ》な言葉の並びとなり、それぞれが結びつかぬ無意味なものとなって、頭の上を流れて行ったのである。

「朝、主人をお役所に送り出してから、正造と話しあいました。最初のうちは夫を気がねしてか、わたくしに気を遣ってか、本心を語ろうとしなかった息子も、わたくしが命をかけてでも守ろうとしていることを、わかってくれました」

ついに正造は、本心を打ち明けたのである。かれは絵を習いたいと訴えた、なぜなら軍鶏を描きたいからだというのである。

「母上は軍鶏をご覧になられたことがありますか」

「いえ、しかし、喧嘩鶏《けんかどり》だということは知っておりますよ」

「一度ご覧ください。見ていただいたらわかってもらえるはずですが、それは美しい鳥です。わたしは描きたいのです。あれだけ美しいものを、ただ見ているだけではつまらない。わたしは美しさを紙の上に留めたいのです。そうすればいつまでも残りますし、自分が死んだあとになっても、知らない人が見て楽しんでくれるかもしれません。そう思うだけで、心がわくわくするのです」

正造よ、なぜそれを言ってくれなかったのだ、と源太夫は思ったが、それは詮《せん》ないことである。

「主人が、森がなぜ絵師を毛嫌いするかと申しますと、わたくしもつい最近になって知ったことですが、もとはつまらない噂なのでした」

伝四郎は町奉行の書役になるまえも、書役として勤め、江戸詰となった経験もある。小夜と所帯を持ってまもなく江戸へ向かったが、伝四郎が江戸に赴いて十月半後に正造が生まれた。

なんの問題もありはしない。ところが同僚に、ひとまわりも下の妻《めと》を娶った伝四郎を妬《ねた》む男がいて、単なる噂話にすぎないと断りながらも、根も葉もないことを吹きこんだらしいのである。

例えば、「小夜どのは絵がお好きなのか。習ったことがおありか」などと、さりげなく訊いたのだと思われる。伝四郎が「いや、そのようなことは聞いてはおらんが」とでも答えれば、「すると、絵ではなくて、絵師ということなのかな」と曖昧《あいまい》な言い方をする。気になって問い質《ただ》しても、「いやいや、単なる噂だ。それも小耳に挟んだだけだから、忘れてくれ」というふうに。

初めは笑っていた伝四郎もいつしか笑えなくなり、心の奥に火種は残って燻《くす》ぶる。証拠がないので小夜を問い質すこともできない。十月十日《とつきとおか》ではなく、十月半後に生まれたというのも、ひとたび疑い始めると、よくある誤差とは思えなくなってしまう。鬱々《うつうつ》としたものがときとともに肥大するばかりのところに、物心のつき始めた正造が絵や絵筆などに特別な興味を示し始めた。それだけでなく、描いたものはとても子供の手とは思えないみごとさであった。夫の胸の内を知りもしない小夜は、それを手放しに喜んでいたのだ。

そして三年まえ、役所からもどった伝四郎に、小夜が嬉々《きき》として猫の絵を見せたのである。伝四郎の疑念についに火が点《つ》き、一気に燃えあがったのであった。

伝四郎の中で妻の不倫は不動のものとなった。冷静に考えれば、たとえ絵師の子であったとしても、習いもしないのに巧みに絵が描けるわけではない。ところが伝四郎にとっては、習わずに描けたこと自体が動かぬ証拠となったのだろう。

夫の屈託がどこにあるかを知りもしない小夜は、ただ狼狽《ろうばい》するだけであった。その苦しむさまを見かね、伝四郎が江戸詰のおりに、小夜とある絵師のあいだになにかあったらしいと吹きこんだ者がいたとの噂がある、と明かしてくれた人がいた。

小夜にとってはまさに青天の霹靂《へきれき》であった。単なる噂を信じ、たしかめもしなかった夫が恨めしいし、なにも知らずに寄り添い、理由のわからぬその怒りにただおろおろするだけだった自分が、情けなくてならなかった。と同時に、伝四郎が恐れているのが、自分の名に傷がつくこと、家の名誉が損なわれることだと、はっきりとわかったのである。

源太夫が伝四郎を説得しようと森家を訪れたのは、そんなおりであった。

「なんとも出過ぎたまねをいたし、まことに申し訳ない。ただ、拙者が上手だと思っているだけかもしれぬと、絵師の遠藤顕信どのに」

「絵師の先生に、わざわざでございますか」

源太夫は文箱にしまっておいた、正造が描いた軍鶏の絵を取り出した。絵を見るなり小夜の顔は輝いたが、それが見る見る哀しさにおおい消されていった。源太夫にも、その理由はすぐにわかった。

「お持ちください。もともとは正造の、いえ、あなたの、あなたがたのものですから」

小夜の目には輝きがもどり、何度もお辞儀をすると、そっと懐に収めた。

「絵を見せると、絵師は勘ちがいしまして」

「勘ちがい、でございますか」

「すぐにもお連れくださいと。弟子入りをたのみに来たのだと思ったのでしょう」

母親としては知りたくてたまらないだろうと、遠藤藍一郎の驚き振りや、いっしょに父親を説得に行くと言ったことなどを話した。

「絵師の反応を見て、拙者の思いこみではなかったと確信し、お宅にうかがったのですが、まさかあのようなことになろうとは。まったく申し訳ないことをしてしまいました。なんと言ってお詫びすれば」

「とんでもないことでございます。わたくしは、本当にうれしくて、お礼の言葉さえ思い浮かびません」

深々とお辞儀してから顔をあげた小夜は、別人のように引き締まった表情をしていたが、目にも強い光が満ちていた。

「さきほど申したことに偽《いつわ》りはございません」きっぱりと小夜は言った。「わたくしは命をかけて息子のために闘います。正造を守れるのは母のわたくしだけです。そのためには命も惜しくはありません」

なにが小夜を、正造の母を変えたのか源太夫には見当もつかなかった。ただその変わりようは尋常ではない。やって来たときは弱々しくて自信なげであり、やつれて痛々しかった。それだけに、小夜の変貌《へんぼう》がにわかには信じられなかったのである。

命をかけて闘うということは、夫の伝四郎に立ち向かい、対決するということだろうが、はたして勝算はあるのだろうか。

「その絵は預かり申そうか。もしも持っていることが知れると」

「ご心配には及びません」おだやかにそう言うと、小夜は両手を突いて頭をさげ、それから面をあげた。「岩倉さまには本当にお世話になり、ありがとうございました。しかし、もう大丈夫でございます。二度とご迷惑をおかけすることはありません」

小夜は帰って行ったが、源太夫は道場にもどる気にはなれなかった。

かれは釣竿《つりざお》を手に取った。竿は袋にしまった上等の継ぎ竿ではなく、くるくると釣糸を巻きつけただけの一本竿である。

庭に出ると、気配を感じたらしく、軍鶏の世話をしていた権助が顔をあげた。

「釣りでございますか、大旦那さま。お供しますで、ちょっとお待ちください。餌もすぐに」

「構わずともよい。それより、軍鶏をたのんだぞ」

八

「おじゃまではないでしょうか」

声のぬしは結城屋の隠居、惣兵衛であった。

「いや、かまわぬが」

「考えごとをなさっていると、お見受けしたもので」

「ほほう、なにゆえに」

「魚を釣る気でしたら、餌をおつけになるのが普通だと」

「これは一本取られたな」

「権助さんにうそヶ淵だと教えてもらって、土手道を来ましたところ、岩倉さまのお姿が。ところが、すこし妙だなと感じましたものですから、しばらく拝見していたのでございます。それで餌なしだとわかりました」

「遠くから見てわかるようでは、未熟でござるな。いや、考えごとというより、考えられんのですよ。わけがわからん」

「岩倉さまにも、わからないことがございますか」

「剣のことなら、たいていはなんとかなり申すが、人のことはわからんです」

人とは小夜のことである。伝四郎と小夜夫婦のこと、そして親子のこと、かれら一家のことはよくわからないが、源太夫を悩ませていたのは、小夜の急変であった。源太夫と話した短い時間の中で、なにがきっかけであれほどまでに変わってしまったのであろうか。もしや、と思い至ってからというもの、振り払おうとしてもそれから逃れられないでいた。

その思いとは、あるいは小夜は自害を決意したのかもしれないという疑懼《ぎく》であった。今の小夜にとっては、苦しみから逃れられる方法は、自決しかないと考えたのではないだろうか。

だがそうすると伝四郎と正造の二人が残されるが、それは小夜には耐えられぬことにちがいない。「二度とご迷惑をおかけすることはありません」と言ったのが、そのことを意味しているとしたら、正造との無理心中さえ考えられるのである。

しかしそうすると、「正造を守れるのは母のわたくしだけです。そのためには命も惜しくはありません」との決意が、その場かぎりの言い繕《つくろ》いということになる。

それはともかく、なにがああまで小夜を急変させたのだろう。さほど長くない時間、そこでの遣《や》り取りのなにがきっかけとなったのかと、餌もつけずに竿を流れに向けた源太夫は、きりのない堂々めぐりから逃れられなかったのだ。

「今日はそのわからないことに関しての、ご相談にまいったのでございますが」

「わからぬことばかりでいい加減倦《う》んでおるのに、この上、さらにわからぬことをと言われてもな」

苦笑する源太夫にあわせて笑いながら、一呼吸おいて惣兵衛は言った。

「まあ、そのようにおっしゃらずに。軍鶏のことですので」

「軍鶏ですと」

「はい。血でございますよ。軍鶏でわからないことと言えば、やはり血ですのでね。お互いに新しい血を入れたいとのことでは、思いはおなじでした」

血について話したのは、五年まえに惣兵衛が初めて岩倉家を訪れた日のことであった。だとすると老人は五年ものあいだ、切り出すおりを計っていたのだろうか。気が遠くなるような話だが、そのあたりがいかにも商人らしい。

「わたくしは、こと軍鶏に関しましては新参者でございます。倅に商売を譲り、今の場所に移り住んで十年あまりになりますが、最初の五年はただ飼うだけ。飼って育てるだけでした。それからようよう形になり、人並みの軍鶏飼いと認められるようになったのは、ついこの数年でございます。ところが岩倉さまの軍鶏歴は二十五年以上、わたくしなぞとは年季がちがいます」

「似たようなものだ。いい軍鶏がいても買うだけの金がない。ま、あっても買いはせぬが」

「交換されているそうでございますね、雛を」

「だから、当たりはずれが多い。たいていははずれだ。雛であれば、良し悪しがわかるはずもないと思うていたが、わかる者にはわかるらしい。いい雛をまわしてくれなくては、強い軍鶏は育てられん。手持ちの軍鶏だけでは限度がある」

「そこでございますよ。わたくしがご提案させていただきたいのは、雛ではなくて卵を分けあう方法です。岩倉さまの飼っておられるのと、わたくしの軍鶏を掛けあわせまして」

雌を持ったほうが相手の雄のもとへ連れて行って番《つが》わせ、卵を産んだら半数ずつ分ける。これなら不公平はない。

卵の段階ではいい雛になるかどうかを見分けられないからだ。雄か雌かもわからない。いや、種がぶじについているかどうかも不明である。まさに運次第で、その点での不公平がないのはたしかである。

しかし、鶏は一度に卵を産むわけではないし、卵の数がそろってから抱卵を始める。ふしぎなもので、産んだ日がちがっても、温め始めて二十一日目に雛は孵るのであった。

「うまいぐあいに、親代わりの矮鶏をあてがえるかどうか」

「岩倉さまがおなりになってはいかがでしょう」惣兵衛はそう言った。「つまり、わたくしのように箱で育てるのですよ。これはつきっきりでなければなりませんから、矮鶏に抱かせるのとはちがって、雛が、そして軍鶏のことがよくわかります。もっとも岩倉さまにそれをやられましては、わたくしどもはとても太刀打ちできません。本当はお勧《すす》めしたくはないのですが」

さすがに商人、勧め上手である。いつしか源太夫は、釣りにかこつけて考えをまとめようとしていたことを忘れていた。

正造を連れて森伝四郎がやってきたのは、翌日の七ツ半（五時）であった。町奉行所を退出して帰宅するなり、着替えてその足で来たのだろう。

道場にいた源太夫は、呼びに来た権助に知らされたのだが、一瞬耳を疑ったほどだ。来ること自体あり得ないと思っていたし、それほど早く来たということも信じられなかった。

表座敷に入ると伝四郎は平伏し、横でおなじように正造も頭《こうべ》を垂れた。

「先日は大変なご無礼をいたし、まことにもって申し訳のない次第でござった。衷《ちゅう》心《しん》よりお詫び申しあげる」

「いやいや、非は、事情もわからぬまま不躾《ぶしつけ》に押しかけたみどもにござる。どうか頭をあげていただけませぬか」

言われて面をあげた伝四郎の顔は強張って、頰が細かく痙攣《けいれん》していた。

「お詫びしたばかりで申しあげにくいのですが、実はおねがいがございまして」

「ほほう、どのような」

「正造を、改めて弟子にしていただけぬものかと」

「学ぶ意志さえあればなんの問題もありません。岩倉道場とはなっておりますが、藩の子弟に剣を指導するために、殿さまの許しを得て開いた道場ですからな」

「ありがとうぞんじます。実は厚かましいことではあるのですが、もうひとつおねがいの儀が」

「うかがいましょう」

ちらりと正造を見ると、すっかり紅潮している。となると源太夫にも見当はついたが、予想通り伝四郎は、絵師の遠藤顕信に仲介の労を執ってもらえないかと言った。

源太夫に否があろうはずがない。ただし、一言の弁明もさせずに玄関払いを喰らわされた身としては、相手の理不尽さをやんわりと責めたくもなる。

「それはまた、なにゆえに」

伝四郎は言葉に詰まり、顔を真っ赤にさせた。よほど言いにくい、あるいは言いたくないことなのだろう。

「倅に多少、絵の才があることには気付いておりましたが、学びたいかどうかを問い質したところ、学びたくないと申しましたので」

それは、母の小夜が叱責されるのを見るのがつらいからではないか。しかもそのように仕向けたのは、伝四郎自身なのである。しかし皮肉を言ったために頑なになり、正造が絵を学べなくなってはかわいそうなので、源太夫は鷹揚《おうよう》にうなずいた。

「だが、本音はそうではなかったと」

「さようで」

「すると、本格的に絵を学ばせたいのでござるな」

「いや、そうではありませぬ。絵が描ける、絵が好きだから学びたいと申しても、所詮は素人ですので、絵師に判断してもらいたいと愚考いたしまして。並みの、いや人よりかなり優れている程度では」と、伝四郎は正造をちらりと見て言った。「許しません。諦めさせます。飛び抜けた能力を天に与えられたとの判断であれば、それがしは一言も口を挟まずに弟子にさせる所存です」

「まあ、親御さんとしては当然のことでしょうな。しかし、それは相当に厳しい。剣で言うなれば、正式に学んだことのない者に、有段者と同等の腕があれば弟子に取ろうと言うようなものですからな」

「わが家は代々、藩の書役でござる」

伝四郎は胸を張り、真正面から見据えた。源太夫はうなずくと正造に目を移した。

「かなり優れているくらいでは落第だそうだが、それでよいのか」

「はい、それがわかりましたら、きっぱりと絵は諦めます」

源太夫が絵師遠藤顕信の都合と日時を訊いて、森家に伝えるということで親子は帰って行った。


正造が顕信の弟子になれることはまちがいないとの確信はあったが、源太夫にはそれほどまでに事が急展開するとは思ってもいなかった。

食事を終え、みつが養子の市蔵と実子の幸司《こうじ》を寝かしつけてから、夫婦は静かに茶を飲んだ。源太夫が何度も首を傾げるので、みつがくつくつと笑った。

「うん、どうした」

「いかがなされたのですか、首を、まるで張り子の虎のように」

「張り子の虎はなかろう」

「すみません。でも、ほかに譬《たと》えようがありませんでしたもの」

「なお悪い」

「よほどお困りなのですね」

「ああ、わからん。どうにもわからんのだ」

と手短に話すのをじっと聞いていたみつは、ふたたびくつくつと笑った。

「なにがおかしい」

「わかるからでございますよ、その正造どのの母上」

「小夜どのだ」

「殿方はあらゆることがらを、ご自分の考えで判じようとなさって、女には女の考えがあることを考えようともなさいません」

「なにが言いたい」

「たかが女と見くびってはなりませんよ。いざとなれば強くもなります。たとえ女であろうと、死にもの狂いになれば、強いものでございます。鼠《ねずみ》だって追い詰められれば、歯を剝いて猫に立ち向かうと申しますもの。それも母親ですからね」

源太夫が続きを問う目を向けたが、みつは微笑むばかりで、それ以上語ろうとはしなかった。

九

翌日から正造はふたたび道場に姿を見せたが、源太夫は以前とおなじように接した。なにも訊かなかったし、特別扱いもしなかったのである。

さらに翌日、正造は稽古が始まる時間よりも早くやって来て、軍鶏を見せていただきたいと言った。源太夫が許可すると、教えていただきたいことがあると続けた。なにか二人だけで話したいようなので、源太夫は少年に従って軍鶏の庭に向かった。

「本当に、なにからなにまでありがとうございました」

「そうか、弟子入りできたのか。それはよかったな。母上はさぞお喜びだろう」

「あの絵を、母に渡してくださったんですね」

「おまえが忘れたのを、返しただけだ」

「絵の先生にあいさつにうかがうと決まったときに、母があの絵をお見せしなさいと言って、渡してくれました。かならずわかってくださるからと」

「さすが母上だ。いい母を持って、正造は幸せだな」

どのような手を取ったのかは知らないが、小夜の伝四郎に対する説得があればこそ、正造の夢はかなえられることになったのである。

「ところで、お父上はなにか言っておられたか」

「短い一言ですが、お言葉をいただきました。慢心《まんしん》せずに励めと」

「うむ、いかにも父上らしい」

「あの」と少年は急に小さな声になった。「慢心って、どういう意味ですか」

「おごり高ぶるな、ということだ。うぬぼれて天狗《てんぐ》になってはいかん、ということだな」

「それでしたら、わたしは大丈夫です」

「それがいかんのだ。わたしは大丈夫ですという言葉のなかに、すでに慢心の芽が潜《ひそ》んでおる。もっと謙虚にならんとな」

「はい、心に留めます」

「では、わしからも餞《はなむけ》を贈ろう」と言うと、正造が緊張するのがわかった。「そう硬くなるな。軍鶏道場のあるじだ、父上のような立派な言葉は贈れない。わしが覚えておいてもらいたいのは、的を見据えろ、だ」

「例の、弓の名人がおっしゃった的ですね」

「そうだ。あらゆることの基本はよく見ることにある。わしは剣のことしか能のない男だから、剣の話しかできん。剣術でもっとも大事なことはなにか。まず見ることだ。なにを見るか。太刀の切っ先だ。そして敵手の目だ。仕掛けるときには直前にそれが切っ先に現れる。目には考えていることが出る。だが、それだけではだめなのだ。同時に敵手の全体も見なければならない。太刀の切っ先と目を見ながら、全体も見る。全体を見ながら、切っ先と目を同時に見る」

正造はおおきく息を吸い、それからゆっくりと吐き出した。

「わかったか」

「はい」

「よし、では忘れろ」

「えっ、忘れるのですか」

「そうだ、頭に刻みこんで忘れる。それればかり気にしておっては、敵手に簡単に斬り倒されてしまう。そのためには、頭に刻みこんで忘れるのだ。心配するな、今はわかったと思っても、本当にわかっておるわけではない。しかし刻みこんでおきさえすれば、必要なときに必ず現れる」源太夫はポンと正造の肩を叩いた。「そういうことだ」

「的を見据えろ、ですね」

惣兵衛がやって来たので、正造の問題が解決して絵師に学べるようになったと伝えたが、「それはようございました」と言っただけである。遠藤顕信に孫の仁三郎が学んでいることなどは、忘れてしまったかのようであった。

しかし、それも当然かもしれない。なぜなら、老人は雌鶏を抱いた下男の茂吉を伴っていたからである。

軍鶏はうしろからそっと、翼を包みこむように左右の手でつかむと、いやがりもせず、されるがままになる。近い距離なら、そのまま持ち運ぶことができるのであった。

惣兵衛の住まいから源太夫の道場までは、四半刻（約三十分）ほどの距離であったが、胸のまえで軍鶏を抱いたままでは、腕はだるくなってしまうだろう。骨太な軍鶏はけっこう重いのである。しかも小柄な老人の歩く速度は遅い。そうでなくても無愛想な茂吉は、すっかりおかんむりであった。

雌鶏を地面に置いて唐丸籠をかぶせ、上に重石《おもし》を載せたところに権助がやって来て、そつなく惣兵衛と茂吉にあいさつした。老人は愛想よく対応したが、下男は不機嫌な顔であらぬ方を見たまま返辞もしない。

「こういう男でな、権助さんや、どうぞ気を悪くなさらんように」

「いやいや、男のおしゃべりはその分、手が留守になります。無口なほうがよく働くと申しますから」

それを見え透いた追従とでも取ったのか、茂吉は喉の奥で「ケッ！」と、痰《たん》を吐きでもするような音を立てた。苦笑した惣兵衛は下男を叱りもせず、源太夫に語りかけた。

「いよいよ念願の番わせですが、卵を温め始めますと、二十一日で雛が孵ります。いかがです、親代わりになる覚悟はできましたか」

「そのことだが、やはりみどもには親代わりはむりだとわかり申した。とても矮鶏のまねはできん」

「やはり岩倉さまは軍鶏でございますね。それでは、わたくしが全部お引き受けして、孵してさしあげましょうか。なに、卵にしるしをつけておけばよろしいのです。二十一日目には必ず孵りますから、その日に引き取りにいらっしゃればいいではありませんか」

「それについては代案があるのだが」

といっても権助の知恵であった。

卵を分けあうという惣兵衛の提案と、箱で卵を孵すことについて源太夫は下男に相談したのである。道場での指導があるかれには、老人のようにつきっきりで世話をすることなど、とてもではないができはしない。だが卵は分けたいのである。

「お安いことです、おまかせください」黙って聞いていた権助は、いとも簡単に請け負った。「偽卵《ぎらん》を抱かせましょう」

鶏が一度に抱卵するのは、七、八個から十個で、矮鶏に抱かせるときもおなじであった。

惣兵衛と半分ずつ分けあうとして、偶数なら問題ないが、奇数個だとどうするか。それについては、雌鶏の持ちぬしの権利とする。つまり種よりも畑を重視するということであった。九個であれば、今回は惣兵衛が五個、源太夫が四個となる。

数が少ないと矮鶏は抱こうとしないので、四個なら同数の偽卵を加え、八個にして抱かせるのである。偽卵は卵の殻に似た石灰質の石を、卵の形に削って仕上げるのだという。

「なるほど、いろいろな方法があるものでございますね。それだと岩倉さまは、親代わりにも矮鶏にもならなくてすむわけですか。では、さっそく」

ということで、掛けあわせがおこなわれ、用が終わると二人は引きあげることになった。

「大事に扱うのですよ、胎《はら》に子が入っているのだからね」

惣兵衛が注意すると、茂吉は来たときよりもさらに不機嫌な顔になった。

雌鶏の主従がゆっくりとした足取りで帰って行くのを、雄鶏の主従は苦笑いを浮かべながら見送った。

十

所用で道を急いでいた源太夫は、蹌踉《そうろう》とやって来る老人を見て思わず立ち止まったが、あまりの変わりように声をかけることができなかった。

森伝四郎である。

正造を伴って源太夫の家にやって来てから、ほんの数ヶ月しか経っていないのに、十歳は年取ったかと思うほど老けていた。最初は別人だろうと思ったくらいで、源太夫に玄関払いを喰らわせたころの勢いはどこへやら、精気がなく、まるでなにかの抜け殻のようであった。

伝四郎を見送った源太夫は、用のために足を速めたが、なにかと多忙でもあったので、そのことをすっかり失念していた。ところが半月もしないあいだに、訃報に接して驚かされてしまった。

あまり多くはない縁者と、伝四郎とおなじ組屋敷に住む同格の武士たち、それと町奉行所からの数人、あとは源太夫、盤睛池田秀介、顕信遠藤藍一郎くらいという、参列者の少ない葬儀であった。源太夫ら三人は、正造の道場、藩校、絵それぞれの師として参列した。

伝四郎は雨に打たれたのがもとで風邪《かぜ》をひき、それをこじらせてしまったらしい。肺に炎症を起こして、わずか数日であっけなく亡くなったとのことであった。

源太夫は思わず人ちがいかと思ったほどおぼつかない足取りの、一気に老けてしまった伝四郎の姿を思い出した。あれで雨に打たれたら、病魔を撥《は》ね返すことができるとは考えられない。

伝四郎はすでに正造の届けを済ませていたので、家督の相続に関しての問題はなかった。普通であれば見習いとして仕事を覚え、一定期間が過ぎれば役方（文官）か番方（武官）の職に就く。正造の場合は家が代々書役なので役方になるわけだが、経験もないし、なによりも年少である。

「なんとか方法は講じてみますが、これぱかりは」

二人よりはずっと若い遠藤藍一郎は、そう言いながらも首を振った。やはり一介の絵師には荷が重いのだろう。


結城屋の隠居、惣兵衛が雌鶏を連れて掛けあわせをしてから、十日近くして、老人の手紙を茂吉が届けにきた。

卵の数がそろいましたので、取り分の卵を決めたいと思います。つきましては、なるべく早くお越しくださいとの文面であった。

源太夫がいそいそと出かけたのは、言うまでもない。

すでに温めを開始したとのことで、箱の中は人肌よりも高い温度となっていた。

「では交互に選ぶとしましょうか。種鶏《たねどり》の岩倉さまが先攻でどうぞ」

「先攻とは、まるで戦《いくさ》ですな」

言いながらも源太夫は真剣な表情となったが、おなじ雌鶏が産んだ卵のちがいを見分けることなど、できるわけがなかった。思案する振りはしたものの、運を天に任せるしか方法はないのである。

数は八個だったので半分の四個ずつに分けると、源太夫は権助が用意してくれた木箱に収め、それを厚手の木綿風呂敷で包んだ。箱のなかには籾殻《もみがら》が分厚く敷き詰めてあるが、そうしておくと、熱が逃げないのだそうである。

源太夫は権助に、何度助けられ、教えられたかわからない。ふしぎに思うのは、下男がそれらの知恵を、いつ、どこで、どのようにして得るのだろうか、ということであった。

卵に偽卵をまぜて、計八個を矮鶏に抱かせたが、好運なことに精の入っていない卵はなかったらしく、二十一日目には四羽の雛が孵った。

そこで源太夫はさらに驚かされたのだが、権助は雛鳥を手にすると、お尻の辺りを指で開き、雛を三羽と一羽に分けたのである。

鶏の排出には大小の便の区別はなく、卵でさえおなじところから産み出される。その排出腔を指で開き、わずかな突起で雌雄を見分けるのだと下男は言った。

「大旦那さまは運の強いお方です。惣兵衛さんは、さぞ悔しがっていることでしょう」

「どういうことだ」

「こちらは雄鶏が三羽、雌鶏が一羽です。ふしぎなもので、一羽の親鶏が産む卵はなぜか、雄雌がほぼ半々になるのでございます。ですからあちらは雄鶏一羽に雌鶏三羽。運が良くて雄雌が同数でしょう」

その日、茂吉が惣兵衛の手紙を持参し、一言も言わずに手渡すと帰って行った。

好運なことに全部の卵がぶじに孵ったこと、つきましては、今度は岩倉さまが雌鶏を連れて番わせにお越しください、との文面であった。雌雄の数には触れていなかったが、それ自体が権助の予想が的中していることを物語っているように思われた。そしてそのとおりであった。

源太夫の雌鶏と惣兵衛の雄鶏の掛けあわせがすみ、卵がそろうと抱卵を開始、そして孵化となった。

今度は無精《むせい》の卵が一個まじっており、雄鶏二羽に雌鶏一羽で、老人のほうは雄雌ともに二羽である。何度もやっておれば、ならしてほぼ同数となりそうであるし、雄雌とか闘鶏としての向き不向きなども、平均化するのかもしれなかった。

老人の提案した方法は、長続きする最善の方法のように思えてきた。

小夜と正造がやってきたのは、三度目の掛けあわせの話が出かかるころであった。

数日まえに四十九日の法要を終えたとのことだが、二人はその報告に来たのではない。ただし母子はまだ喪服であった。

「実は遠藤さまが藩庁に働きかけてくださいまして、正造が江戸の藩邸で仕事の見習いをしながら、狩野派の絵の先生に師事して本格的に学べることになりました」

「それはようござった。それにしても目まぐるしく、よくもこれほどと思うほど、次から次へと出来《しゅったい》いたしましたですな」

「さようでございます」

「ご主人が逝去《せいきょ》されるという大きな不幸はありましたが、これからは新たな気持でお過ごしください。夢のひとつは叶《かな》うことになりましたし、次々と良いことが重なりましょう。正造どのが江戸に行かれているあいだは、お寂しいでしょうが」

「この子が絵を置いていってくれますので」と言って、小夜は息子に視線を移した。

「軍鶏を描かせていただくのでしょう」

「はい」

弾んだ明るい声であった。正造は筆、絵具、料紙などを持参しており、先生のために軍鶏の絵を精魂こめて描きますと言った。母親のためには矮鶏を描くという。それが小夜の希望とのことであった。

「しばしのあいだ、庭をお借りいたします」

源太夫に一礼すると、正造は画材を入れた袋を抱えて姿を消した。

「一まわりも二まわりも大きくなられましたなあ。隠れて軍鶏を写生しておったのは」源太夫は目を泳がせた。「これは驚きだ、半年にもならない」

「岩倉さまのおかげで、すっかり成長いたしました」

「いや、わたしはなにひとつできずに、おろおろとみっともないかぎりで、お恥ずかしい。すべては正造どのの熱意が切り拓《ひら》いたのです、それと小夜どのの信念でしょう」

弟子とはいえ、そして年端《としは》もいかぬとはいえ、いまや一家のあるじなのである。呼び捨てにはできなかった。

「正造どのがいるところではお訊きしにくかったのですが、二人だけになったので、この機会にうかがってよろしいかな」

「どのようなことでございましょう」

「小夜どのが命をかけて息子を守りますと言われて、ほどなくご主人がお越しになった。それ自体が思いがけぬことでしたが、詫びられたうえに、絵師に紹介してもらいたいと言われたのです。わたしには、その経緯《いきさつ》をうかがうだけの」

「言わぬが花、とも申します」

「ですが、軍鶏と矮鶏を写生するとなれば、二刻（約四時間）はかかるやもしれません。その間、なにも言わずに睨めっこしているのも、一興ではありますが」

くすりと笑ってから小夜は真顔になり、一呼吸おいて静かに話し始めた。

「信じていただけないかもしれませんが、わたくしは場合によっては刺しちがえる覚悟で、懐には小刀を忍ばせていたのです。ただし、そんなものが役に立つとは思っていませんでした。いくら書役とはいえ武士ですからね」

小夜には切り札が、正造の父が伝四郎であるという、母親だからこそわかっている真実があった。そして、伝四郎が必死になって守ろうとしているものの本質を捉えてもいた。

しかし小夜は敢えて逆手を取って、いきなり次のように切り出したのである。

「正造の父親は、森伝四郎でなく絵師の某《なにがし》だと言い触らしますよ。あなたさまはそうお考えなのでしょう」

前日までは、ただおろおろし、ひたすらに詫び、そして泣くだけであった妻の突然の逆襲は、伝四郎にとっては予想の埒《らち》をはるかに超えたものであったはずだ。かれは信じられぬものを見たかのごとく、驚愕のあまり目を見開いて、口元を震わせていたが、ようやくのことで言葉を押し出した。

はおれぬぞ」
「そのようなことになれば、世間から後ろ指をさされ、笑い物になり、とても生きて
「むろん、それは覚悟の上です。噂に振りまわされ、天から与えられたとしか思えな
いわが子の能才を認めず、狭い枠に押しこんで、平凡な役人としての一生を強要する
ような、そんな人を夫ともわが子の父とも、思いたくはございませんから」
「なんと！」
「心を鎮めてお聞きください。正造の父があなたさまだということは、わたくしが一
番よく知っております。それともご自分の伴侶《つれあい》を、へいきで不義を犯すようなふしだ
らな女だとお考えなのですか」
男としてそれを認めることはできない。伝四郎は沈黙するしか、方法がなかったの
である。
「あなたさまが根も葉もない噂のために、長いあいだ苦しめられていたということ
を、わたくしはつい最近まで知りませんでした」
小夜は自分の言葉が夫の心に沁みこんで行くまで、静かに、心をおだやかに保ちな
がら待った。
「たしかに間が悪うございました。噂をまき散らした者がたわむれに選んだ、わたく

しの不義の相手というのが絵師で、そして正造には人並みすぐれた絵の才能があることが明らかになりましたから。偶然とは申せ、あまりにもできすぎです。そこで、あなたさまにその邪悪を断ち切っていただきたいのです」

「わしになにをしろと言うのだ」

「絵を描きたいとの正造のねがいを握りつぶせば、噂を立てた本人にはそれこそ思う壺です。やはり事実だから絵を学ばせようとしないのだと吹聴するでしょう。しかし、臆《おく》することなく正造のねがいを聞き入れれば、根拠のない噂にすぎなかったのだと、世間は納得すると思います」

「親の欲目と言う。腹を痛めた子であれば、すこしでもすぐれた部分を取りあげたいのはわからぬでもない」

「すこしでないから申すのです。ただ、このままでは水掛け論に終始します。いかがでしょう、その道の人に見ていただくことになされては」

「その道の人」

「遠藤顕信どのと申す絵師は、藩士でもあるそうです。公正な判断をしていただけるのではないでしょうか」

伝四郎は瞑目《めいもく》したが、おそらく脳裡《のうり》をさまざまな思いが目まぐるしく往来していたにちがいない。やがて目を開けると静かに語った。

「森家は代々、藩の書役として奉職してまいったのだ」

「もちろん、その重さは承知しておりますが、自分の望む道があり、そこでこそ力が発揮できるのがわかっていますのに」

「わかっておるわけではない」

「ですからその道の人に、判断していただくべきだと申しているのです。それともあなたさまは、まだ噂にこだわっておられるのですか。蔭で噂をまき散らす、どこのだれとも知れぬ卑怯者の言うことが、長年連れ添った妻よりも信用できるとおっしゃるのですか」

「黙れ！」

「いえ、黙りませぬ。正造の父親は絵師だと言い触らします」

「まて」

伝四郎はギロリと眼を剝いて、しばらく小夜を睨みつけていたが、不意に諦念が顔をおおいでもしたかのように相が変わってしまった。やがて、それまでとは打って変わって弱々しい声で呟いたのである。

「わかった、その絵師に会おう」

「そのまえに岩倉さまに謝っていただきます。なぜならあなたは、正造の師匠を玄関から追い払ったのでございますよ。それと、藩の絵師の遠藤どのは、岩倉さまを通じて紹介していただきますように」

「わかった」しばし間を置いてから、伝四郎は繰り返した。「わかった。わかったから、もうなにも申すな」

力関係はその瞬間に逆転したのである。

「女子《おなご》をあなどるべからず。いざとなれば、とんでもない力を発揮する。それも母親は、と家内が申しておりましたが、小夜どのにそのお手本を見せられましたな」

「奥方もおなじだと思います。今は岩倉さまがお守りなさっておられるので、その必要がありませんが、いざとなれば悪鬼羅刹《あっきらせつ》が裸足《はだし》で逃げ出すほどの、恐るべき底力を発揮なさるでしょう」

「いずれにしてもおおいなる謎が解けて、気がひとつ晴れ申した」

緊張が解けたこともあり、あとは正造の絵のこと、軍鶏のこと、絵師遠藤顕信のことなどに話題が移った。

木戸が開いて、正造が母屋の庭に足早にやって来たのは、一刻半（約三時間）も過ぎたころであった。足音とおなじように声も弾んでいた。

「ありがとうございました」

「おお、描けたか。見せてくれ」

「仕上げた絵を見ていただきとうございます。数日の猶予《ゆうよ》をください」

「さようか、楽しみにしておるぞ」

数日して、正造が軍鶏の絵を持ってやって来た。わずかな期間、絵師に学んだだけではあったが、腕は格段にあがっていた。

軍鶏の羽毛でもっとも美麗なのは、首筋に流れる蓑毛である。蓑毛はきわめて幅がせまく、しかも長い。それが微妙な重なりを見せ、いくら見ても見飽きることはなかった。

正造が絹布に定着させた色は、その配色に天性の才を感じさせた。

さらには均整のとれた立ち姿に現れた軍鶏の風格、四囲を睥睨《へいげい》する鋭い眼、硬くて引き締まった胡桃鶏冠《くるみざか》、太くて長い逞しい腿、綺麗に三列に並んでいる下肢の鱗、そして鋭い爪。まさに軍鶏の理想的な姿が描かれていたのである。

源太夫は表装に出した絵が、掛軸となってもどるのが待ち遠しかった。

かれはそれを母屋表座敷の床《とこ》の間に掛けようと考えていたが、掛ける場所は一箇所しかないことに気づいたのである。

その場所とは道場正面の神棚の下、道場訓を貼り出したその横であった。岩倉道場の看板は、藩校「千秋館」の教授方である盤睛池田秀介が、墨痕《ぼっこん》あざやかに筆を揮《ふる》ってくれていた。そして今度は、若き天才森正造描く軍鶏が加わるのである。

軍鶏道場にとって、これほどふさわしい絵があるだろうか。

「よし、掛軸の披露目と、正造の壮行会を兼ねて、開場以来の宴を張ろう」

源太夫は思わず声に出したが、すると招待客の顔触れが次々に浮かびあがった。

正客は当然だが森正造とその母小夜である。続いて絵の師匠である顕信遠藤藍一郎、藩校の盤睛池田秀介となる。それから軍鶏名人の惣兵衛、その孫の仁三郎も絵を学んでいると言っていたので、招いたほうがいいだろう。となると、年少組の正造の仲間も呼んでやらねばならぬな。

いけない、わが息子の修一郎を忘れるところであった。ここしばらくは疎遠になっていたが、これが往き来のいいきっかけとなるだろう。となると、軍鶏を何羽つぶせばいいだろうか。やはり三羽は必要だろうが、権助はつらそうな顔をするだろうな。

岐《き》路《ろ》

一

——師匠《ししょう》が言っていたのは、このことだったのか。

道場の見所《けんじょ》に坐って、弟子たちの稽古を見ていた岩倉源太夫は、唐突にその思いに到り、感慨深いものがあった。

——わかる。今ならわかる。

新八郎と呼ばれていた少年時代、道場主の日向主水に思いきって訊いたことがあった。

「剣が強くなるには、どうすればいいのでしょう。なにか秘訣《ひけつ》はあるのでしょうか」

「それがあったら苦労はせんわい」

苦笑した主水だが、思い詰めたような源太夫の表情を見て、笑いはゆっくりと退いた。

「人並みの努力を重ねもせずに、らくして強うなりたいとゆうのか。であれば秘訣なんぞはないな」

「努力はしていますし、これからも精進します。ただ」

「ただ？」

「意味のある努力、納得のゆく努力なら惜しみませんが」

「なるほど理屈ではあるが、剣の修行は理屈ではない。それに、意味があるかないかがわかるには、十年も二十年も早いわ。……だが、そんなことを言うてもはじまらんし、わからんわな」

そのとおりであった。しかたなく、ひたすら真剣な眼差しを向け続けた。

主水は、いかにも弱ったという顔になった。

「その手の問いが、一番答えにくいのだよ」

長四角い顔をした主水は、額《ひたい》と顎《あご》、鼻と頬がおなじ高さで、目と口がちいさいことから、つけられた渾名《あだな》が下駄《げた》である。下駄の師匠は目を閉じると、腕を組んで黙りこんでしまい、そのまま微動もしなかった。

息苦しくなった源太夫は、思わず視線を泳がせた。庭のあちこちに、濃い緑の茎《くき》と葉が地面をおおうように貼りついて、赤、黄、白の色もあざやかな花が乱れ咲いていた。

松葉牡丹《まつばぼたん》である。

名こそ牡丹だが、ごくちいさくて可憐《かれん》な花であった。花はかわいらしいのに驚くほど逞《たくま》しく、痩せ地であろうが乾燥していようがしぶとく生き続け、しかもじわじわと拡がってゆく。引き抜こうとすると茎がちぎれて根だけが残り、そこからすぐに新しい芽を伸ばすのである。

その松葉牡丹の群生の中を、一筋の黒い紐《ひも》が延々と延びていた。黒蟻《くろあり》が餌を見つけて、ちいさく嚙み取り、せっせと巣穴に運びこんでいるのだろう。往来が激しいために、紐がかすかに震えているように見えた。

「一点を見ながら」

主水の声で源太夫はわれに返った。いつの間にか、松葉牡丹と蟻の行列に気を取られていたのだ。それがわかったからだろう、主水はゆっくりと繰り返した。

「一点を見ながら全体を見、全体を見ながら一点を見る。それが要諦《ようてい》だ。とゆうてもわからんだろう」

「はい」

「あたりまえだ。わしもこの歳になって、ようようわかったのだからな」

あれはたしか源太夫が十六歳の日の出来事で、師匠の日向主水は不惑《ふわく》を半ば超えていたはずである。そして源太夫は、当時の師匠の歳になってはじめて、忽然《こつぜん》と主水の言葉の意味を悟ったのであった。

だがあのときは、「一点を見ながら全体を見、全体を見ながら一点を見る?」と首を傾げたのであった。源太夫が喰いさがると、「頭を頼るな。体に覚えこませるのだ」と、主水は教えた。

「なにも考えるなということですか」

「ばか、頭を使わずに、がむしゃらに稽古をするだけで、強くなれるわけがなかろう」

混乱した源太夫は黙って、ひたすら師匠のちいさな目を見詰める。

「ん? わからんか。わからんだろうな。もそっと力をつけんと、わかるわけがないのだ。戸惑うだけであろう」

そして主水はふたたび腕組みをして、目を閉じてしまった。

ややあって目をあけた主水は、なおも見続ける源太夫に言った。

「わからんでもよいから、わしが言ったことを忘れるな。いつかわかる日が、きっとくる」

「はい」

「頭で考え、理屈に頼ると、一点を見たときには一点しか見えん。全体が見えんのだ。そして全体を見たときには一点が見えん」

十六歳の源太夫は懸命に考えたが、師匠の言葉は頭の中でからまわりするだけであった。

——わかる。今ならわかる。

まさに師匠の言ったとおりなのだ。

源太夫は道場の見所に坐り、稽古に励む弟子たちの動きを目で追っている。弟子のだれか一人を注視していても、同時にそれ以外の弟子たちのこともよく見えた。そして全体を見ていても、個々人のことが明確にわかる。

くすんだ褐色《かっしょく》のヤゴから抜け出し、半透明の翅《はね》を輝かせて青空に飛び立つ蜻蛉《とんぼ》のように、なにかのきっかけで一瞬にして飛躍する弟子もいる。ほかに心を奪われることがあるらしく、まるで稽古に身が入らずに惰性《だせい》で体を動かしている者、婚儀が決まって張り切っている者、それらが今の源太夫にはわかりすぎるくらいわかった。

もちろん個々人の事情ではなくて、変化が、である。変わったことを感じ、あとでその理由を知って納得するのであった。

松葉牡丹の花と葉の濃い色が、あざやかに目に焼き付いているのだから、あの日は盛夏だったのだろう。暑さを煽《あお》り立てるように鳴くクマゼミの声が、耳の奥によみがえった。

そして今、稽古に励む弟子たちを見ながら、源太夫の脳裡《のうり》にはさまざまな記憶が押し寄せていた。

そういえばあの年は、アシナガバチが低い位置に巣をかけたのだった。

「なぜわかるのかふしぎでなりませんが、生き物はよぉく知っておりましてな」

古くからの岩倉家の下僕である権助が、天蓋《てんがい》のような形をした灰褐色の蜂の巣を示しながら言った。巣は柊《ひいらぎ》の木の、地面から一尺五寸（約四十五センチ）あたり、幹に近い横枝の下にかけられていた。

「今年の秋は大嵐が来ますよ、かならず。アシナガバチが低く巣をかける年には、おおきな嵐が吹き荒れるものです」

源太夫は半信半疑であったが、本当に大嵐が来襲したのである。花房川が増水して堤防が決壊の危機にさらされ、園瀬の民は身分に関係なく、総出になって土嚢《どのう》を積みあげ、なんとか乗り切ったのであった。

芋蔓《いもづる》式によみがえる記憶の不可思議さに驚かされながらも、源太夫の目には弟子の一人の姿が、まるで彩色《さいしき》されでもしたように浮きあがって見えた。

友人に手ひどい裏切りを受けたり、好きな娘ができたり、家族が病気で倒れたり、仲間に誘われて博奕《ばくち》に溺《おぼ》れたり……そのような変化があると、明らかに顔や動きに現れる。

源太夫はそちらに目を向けた。

ここしばらく、田貝忠吾《たがいちゅうご》が精彩を欠いているのが、源太夫には気がかりであった。それも日ごとに色が濃くなるように、不自然さが増していくのである。

動きがぎこちないのだが、かといって怪我はしていないようであるし、顔色も悪くないので病《やまい》ではなさそうだ。心と体の釣り合いが取れないために、ちぐはぐな動きとなって出るのだろう。

源太夫の目には、忠吾が馬の群れに紛れこんだ牛のように目立って見えた。だがかれにわかるのはそこまでで、心の裡《うち》まで見通すことはできない。

――屈託がある。

若い弟子たちに助言を与えながら、ゆっくりと歩く柏崎数馬が近くに来たので、源太夫は傍《そば》に来るように目で呼んだ。

片膝を床につけて畏《かしこ》まった数馬に、源太夫は弟子たちに目を向けたまま、小声で訊いた。

「忠吾はなにを悩んでおるのだ」

一瞬の間をおいて、数馬は言いにくそうに、

「そのことですが、打ち明けようとしないのです」

一瞥《いちべつ》すると、きまじめな顔をした数馬は、その原因が自分にありでもするかのように、申し訳なさそうに目を伏せた。

「おまえにさえ明かせぬ悩みとなると、わけありなのだな」

「さあ、どうでしょう。なにぶん、話そうとしないものですから」

「ふむ」

「口を割らせましょうか」

「罪人ではないのだから、その言いようはなかろう」

「すみません」

「しばらくは、ようすを見守ることだな。ただ、できるかぎりのことはしてやりたい」

「わかりました」

柏崎数馬は、一礼すると指導にもどって行った。

二

橋の手前の番所で、役人に丈谷寺《じょうこくじ》へ立川彦蔵の墓参に行く旨を告げ、岩倉源太夫と狭間鉄之丞は高橋《たかばし》を渡った。

川面までは二間（約三・六メートル）ほどで、橋桁の立つ場の水深は、大人の胸か背丈くらいはありそうである。橋の下流は次第に浅くなり、やがて早瀬となって東へ流れ下って行く。その先にはうそヶ淵があり、巨大な岩盤にぶつかって、花房川は北東へと流れを変えていた。ほどなく北、そして北西、さらに西へと、園瀬の里をおおきく取り囲んで流れている。

上流も下流も、河原の石は白く乾き、岸には色濃く葦《あし》や茨が茂っていた。そこを、光り輝きながら花房川が流れている。川底の石や砂利は緑あるいは青味を帯びているが、乾いて白く見える河原の石も、かすかに青味がかって見えた。

花房川の上流では、庭石として風流人に好まれる園瀬の青石を産していた。中流域のこの辺りでも、河原の石は青緑色をしたものが多い。

かすかな風が、なつかしい匂いを運んできた。

「いかがなされました」

源太夫が歩みをゆるめたので、銕之丞が怪訝そうに師匠の顔を見た。

「いや、なんでもない」

ちらりと、橋の下流、早瀬の手前に目をやると、思ったとおり浅瀬が激しく波立っていた。鮎が群れて戯《たわむ》れているので、その上を渡る風が鮎の匂いを、そのさわやかな香りを運んできたのだ。

鮎は涼しそうな匂いを発していたが、それが花房川の水が澄んできれいな、なによりの証拠であった。

――権助に教えてやらねばな。

「きれいな水で育った鮎は西瓜《すいか》の匂いがし、水が悪くなると胡瓜《きゅうり》の匂いに変わります」

権助の言葉を思い出すと同時に、細かく震える鮎の肌の冷たい感触が、指先や掌にあざやかによみがえった。

浅瀬で群れている鮎を、権助に教えられて手づかみにしたのは、たしか十歳のころのことだ。三尺(約九十センチ)ほどの青竹を手に、少年だった源太夫はゆっくりと鮎の群れの背後、膝上か腿くらいの深さにまわりこんだのであった。

そして頃合いを見計らって、水を蹴立てて鮎の群れに迫り、迫りながら手にした竹で水面を激しく叩いた。叩く場所は左右の斜めまえで、交互にすばやく叩かねばならない。ほとんどの鮎は逃げ去るが、あわてふためいた一部の鮎は、さらに浅場へと追われて行く。そして追い詰められると、石の下の隙間に潜りこむのであった。

怯えた鮎は微動もしないが、かすかに黄味を帯びた青灰色の尾鰭《おびれ》や背鰭が、はみ出しているのが見えることもある。そっと近づき、石の左右から両手を入れ、包みこむようにして手づかみにすると、鮎は全身をちいさく震わせた。

なんとも素朴な漁法であった。繰り返し使える手ではないので、一箇所で何尾も捕まえられないのが難点である。

あれこれと思い出しているうちに、源太夫たちは橋を渡りきった。道を左、つまり東に取り、川沿いの木立の道を、般若《はんにゃ》峠へと向かう。風の通り道があるらしく、黒いアゲハ蝶が中空を流れるように飛んでいった。

木立を抜けると、高低のある複雑な地形が拡がっていた。

立川彦蔵の墓は花房川対岸の丈谷寺にある。おなじ藩士でありながら、初代藩主の園瀬入り後に家来となった土着の武士は、郷侍《ごうざむらい》とか郷士方と呼ばれて一段低く見られていたし、藩の中枢《ちゅうすう》にまで出世した者は数えるほどしかいない。

藩士のほとんどは寺町のいずれかの寺を菩提寺《ぼだいじ》としていたが、郷侍の多くは寺町以外の、古くはあっても貧しいとか、川向こうにある墓参に不便な寺に葬られていた。彦蔵が上司の本町宗一郎《ほんまちそういちろう》源太夫は、彦蔵の墓参には銕之丞を伴うことにしていた。彦蔵が上司の本町宗一郎と妻の夏江《なつえ》が密会している現場に乗りこんで二人を斬り殺したのが、そもそもの発端《ほったん》であった。彦蔵が姿を晦ませたために源太夫に上意討ちの命が下ったが、銕之丞はそのときに行動をともにしたのである。夏江は銕之丞の姉であった。

東へ向かう街道は起伏があり、丘や灌漑《かんがい》用の溜池を迂回《うかい》するなど、地形が変化に富んでいた。楠や椎、榎《えのき》、山桃、そして黒樫の巨木が鬱蒼《うっそう》と茂る山裾に、作り物のような朱色の鳥居が見えるかと思うと、銅鐸《どうたく》が掘り出された古墳があったりする。

平坦な盆地である城下の灌漑用水は流れもゆるやかだが、こちらでは土地に高低があるので、堀や溝は場所によってはかなり深く掘られていたし、急な流れもあった。その用水の水底が見えないほど小鮒《こぶな》が群れ泳ぐなど、四季それぞれに変化があって見飽きることがない。

途中から右に折れて南へしばらく行くと、蛇《じゃ》ヶ谷と呼ばれる細長い盆地の西寄りに、樹木におおわれた小高い丘があった。丈谷寺は孟宗《もうそう》の竹籔《たけやぶ》を背に、その中腹に位置している。

平地から寺への参道にかかる所には、線香や花、そして樒《しきみ》の枝などを売る店があった。お彼岸や特別な日には、一膳飯屋《いちぜんめし》や饂飩《うどん》の店も出たが、普段は百姓家が軒下にわずかな品を並べるだけである。

源太夫と銕之丞が墓参する彦蔵の命日には、歯がほとんど抜けた老婆が、線香と樒の枝を用意して二人を待っていた。

丈谷寺の墓所は丘の斜面の南と東に拡がっているので、明るくてすこしも陰気ではない。墓地からは周囲の田畑や集落が一望できたが、そこは村人にとって特等地なのである。

園瀬の城下でも、やはり墓地は広大な水田や集落を見晴らせる、日当たりのいい一等地に作られていた。ご先祖さまに生活そのものを見守ってもらいたいとの、願いがこめられているのだろう。

丈谷寺の住持《じゅうじ》は、白い眉が長く垂れた喜寿《きじゅ》を過ぎた老僧で、名を田丸徹宗《たまるてつしゅう》と言った。

「岩倉どののようなお武家は、拙僧はほかにぞんじあげません」

何度目かの墓参で声をかけられて茶に呼ばれたが、徹宗はまずそう切り出した。

「立川どのも、さぞや満足されておられることでござろう」

「生の途上で命を絶たれて、だれが満ち足りた心でいられましょうや」

「いや、問題はその後でございます。市蔵を、孤児になった彦蔵どのの息子を、養子になさったそうで」

市蔵は本町宗一郎が夏江に孕《はら》ませた子で、立川彦蔵の子ではなかったが、それを知っているのは源太夫と妻のみつだけであった。

「せめてもの償《つぐな》いだと」

「しかし上意であれば、なにも。……いやいや、これは差し出がましいことを」

そのようなきっかけで、徹宗和尚《おしょう》が在寺のおりには、茶に呼ばれて話すようになったのである。

その日も世間話をしていると、「お住持《じゅっ》さん」と若い女の声がした。百姓の娘が届けものに来たらしく、風呂敷包を両腕で抱くようにしている。

娘の顔を見た銕之丞が、そして相手も、一瞬だが緊張するのを源太夫は見逃さなかった。色が白く、整った顔をした娘で、齢は十五、六歳だろうか。目がきれいに澄んでいるのが印象深かった。

「父がよろしゅうにと申しておりました」

風呂敷包を置くと、娘はぺこりと徹宗にお辞儀をし、ひと呼吸置いて源太夫と銕之丞にも頭をさげた。

「はいはい、ご苦労さん。民《たみ》さんも、父上によろしゅうにな」

老僧が後ろ姿に声をかけたときには、娘は垣根の向こうに姿を消していた。

二人が寺からの坂をおりきると、すでに老婆の姿はなく、店も閉められていた。

「わしらだけを当てにした、婆さんの小遣い稼ぎらしい」

源太夫がそのことを話題にしても、鋏之丞は曖昧にうなずいただけであった。

――なにかあるな。

どうやら徹宗和尚が民さんと呼んだ娘は、鋏之丞とは単なる顔見知りではなさそうだ。気にはなったものの、弟子の数も多いし軍鶏のこともあるので、そのままになってしまった。

翌月も、歯抜けの婆さんから線香と樒の枝を買うと、源太夫は鋏之丞を連れて彦蔵の墓参をした。前回とちがったのは、墓地を離れるときに、こう言ったことである。

「わしは徹宗和尚と話があるので、おまえは半刻（約一時間）ばかり、庭でも見せてもらったらどうだ」

鋏之丞は「そういたします」と言って目礼し、ゆっくりと歩み去った。

徹宗と世間話をしながら、源太夫はさりげなく切り出そうとしたが、いざとなるときっかけが難しい。ようやくのことで、話をそちらに持っていくと、

「ああ、民さんのことですか」そこで一旦切って、徹宗は笑った。「これは愉快《ゆかい》ですな」

「……？」

「このまえの墓参の数日あとに、民さんが来まして、あなた方のことを訊かれたのですよ。もっとも岩倉どのよりも」

「狭間銕之丞」

「そうそう。知りたかったのは、どうやらそちらのようですが」

そのように徹宗は話し始めた。

「上意討ちで立川彦蔵どのを」と言っただけで、「では、あのお方が岩倉さまでございますか」と娘は驚きを隠そうとしなかった。「あの物静かなお方が、本当に？」

一瞥しただけで、じっくりと観察したわけではない。まして言葉も交わしていないのに、源太夫が物静かな男だと見抜いたことに、徹宗は驚かされた。あるいは娘らしい直感であったのかもしれないが、とすれば鋭い感性である。

「それだけではない、毎月、命日の八ツ半には必ず墓参されるのだ」

「お二人で、でございますか」

民さんはそう念を押した、と徹宗は言った。

娘は民恵《たみえ》と言って十六歳。槍組の組屋敷に住んでいたが、十の歳に、父の田村彦《たむらひこ》十《じゅう》と母のすえが相次いで病死した。

やはりそうだったのか、と源太夫は得心した。鋏之丞も槍組の組屋敷住まいなので、二人はお互いをよく知っていたにちがいない。

多くない親類縁者も、似たような境遇の少禄者ばかりなので、民恵を引き取れるような状態ではなかった。ところが川向こうの蛇ヶ谷村の百姓作蔵《さくぞう》が、引き取りたいと申し出たのである。「痩せても枯れても武士だ。百姓の養女になぞ出せるか」と息巻いた者もいたものの、作蔵が土地持ちの百姓だとわかると風向きが変わった。

作蔵は豪農とは言えないが、「松本《まつもと》」の屋号で呼ばれる裕福な百姓であり、集落の世話役の一人である。敷地内に巨大な赤松が聳《そび》えていることが、屋号「松本」の由来であった。

「貧乏侍でいるよりも食いっぱぐれがなくていいではないか」とだれかが自嘲《じちょう》気味に言ったが、今度は反対する者はいなかった。貧乏の辛さが身にしみた者ばかりである。

「作蔵が民恵を引き取りたいと言うには、それなりの理由がありましてな」

一呼吸置いて、徹宗は静かに続けた。

十八歳のある日、民恵の父の彦十は、大雨で増水した花房川で足を滑らせて流され、溺れそうになった少年を助けたことがある。それが、当時十二歳の作蔵であった。

息子の恩人だということで作蔵の両親は、田村家に米だけでなく季節の野菜や果物、そして正月が近付くと搗《つ》きたての餅を届けた。これは徹宗が民恵から聞いたことだが、田村家ではそれを組屋敷の朋輩《ほうばい》にお裾《すそ》わけしたとのことである。ともに貧しいので、僻《ひが》まれたり怨《うら》まれたりしてはかなわない、との思いがあってのことだろう。

大八車で父親といっしょに、あるいは作男に手伝わせ、場合によっては一人で荷を背負って届けることもあったので、作蔵は幼いころから民恵をよく知っていた。民恵の両親が亡くなったとき作蔵は二十九歳で、すでに三人の子持ちであったが、家族が一人や二人増えて困るような家ではない。

恩人の娘が孤児になり、引き取り手もいないと知って、黙っていられなくなったのだろう。作蔵の女房も人のいい女で、夫の考えに同意した。

そのような経緯《いきさつ》で、一人娘だった民恵は三人の義理の弟妹を持つことになったのである。自分の立場をよくわきまえていた彼女は、幼い弟妹の面倒をよく見たし、義母の手伝いも自分から進んでおこなった。

十六歳になった民恵は、組屋敷を出て六年ぶりに、丈谷寺で二十一歳の銕之丞に出会ったのである。

「素直でいい娘に育ちました」と徹宗は、源太夫に同意を求めるように笑いかけた。

「しかも美人。それも、鄙《ひな》には稀《まれ》な美人ですからな」

「たしかに」

「村の者はだれも、民さんと呼んどります。素直で親孝行、その上器量よしですから、これで評判にならないわけがありません。嫁にもらいたいとの声が、降るほどあるそうでして」

「すると、すでに相手も決まっておるのでしょうな」

「それが民さんは、弟や妹がもっとおおきくなるまで母親の手助けをしたいから、二十歳《はたち》までは嫁に行かぬと、譲らぬそうでございます。素直な民さんにしてはめずらしく、耳を貸さぬとのことでしてな。そのためにますます評判を呼んで、嫁に望む声は高まるばかり。倅《せがれ》はもちろん、それ以上に親のほうが夢中になっとるそうで」

前回の墓参での、偶然の出会いにおける銕之丞と民恵の反応は、どう考えても不自然であった。同じ組屋敷で育った仲なら、懐かしさのあまり、声くらいかけあうのが人の情ではないだろうか。

民恵が作蔵の養女になったのが十歳と幼かったから、まさか二人が将来を約束していたとも思えない。いや、半ば冗談のように言ったことがあって、それを覚えていたというのだろうか。

しかしそんなことのあるなしにかかわらず、組屋敷でともに育った少女が、六年ぶりに美しい娘に成長して現れたのだ。銕之丞ならずとも、一気に気持が傾斜して当然である。

「先生、そろそろ道場にもどりませんと」

庭先から銕之丞が声をかけたときには、すでに半刻以上が経過していた。

「おお、もうそんな時間になったか。これは和尚、とんだ長《なが》っ尻《ちり》でお邪魔いたしました」

「いや、拙僧も楽しゅうござった。いつでもお寄りくだされ」

かれらは徹宗にあいさつをして丈谷寺を辞したが、やはり坂をおりた所にある店に、歯抜け婆さんの姿はなかった。

――あるいは。

帰路は、いつもに増して鉄之丞は無口であったが、源太夫もあれこれ考えるところがあって、すこしも気にはならなかった。

三

人には、そして家庭にはそれぞれの事情があるので、源太夫は弟子たちのことは詮索しないようにしているし、深入りすることも避けていた。自分は一介《いっかい》の道場主であるとわきまえ、全員を平等に扱い、教導することにのみ主眼を置くようにしているのである。

だが、田貝忠吾のように極端になると、さすがに気になってならない。別に調べるというわけではないが、それとなく注意を払っていると、すこしずつ事情がわかってきた。

忠吾の父の田貝猪三郎信定《いさぶろうのぶさだ》は、園瀬に五人、江戸に二人いる用人のうちの一人で、家格は中老格であった。田貝家は、家老、家老が病気や怪我で休務の場合に代理を務める裁許《さいきょ》奉行、藩主側近筆頭別格の御側用人などを輩《ひい》出した、由緒ある家柄である。

猪三郎は聡明なだけでなく、剣術、槍術、馬術に秀でており、近い将来、家老になるだろうと噂されていた。情熱家で、奏者役小林《こばやし》家の三女で美人の誉《ほま》れ高い文《ふみ》を、五人の若侍との激しい争奪戦の末についに射とめたが、それはのどかな園瀬の里で語り種《ぐさ》になったほどの、ちょっとした事件として知られている。

武芸に秀でた情熱家の父でなく、忠吾は蒲柳《ほりゅう》の質の母親から血を濃く受けたようだ。整った顔立ちをした、物静かで、どちらかと言えばひ弱な、二十二歳の若者であった。

家老付き中小姓の忠吾は、大過なく仕事をこなしてゆけば、将来の老職が可能な有望株である。五ツ半（午前九時）に城に詰め、四ツ（十時）に登城する家老のもとで、まじめに仕事をこなしていた。そして七ツ（午後四時）に家老が下城すると、半刻後の七ツ半（五時）に仕事を終える。

忠吾は毎朝、六ツ半（七時）から五ツ（八時）まで岩倉道場で汗を流した。もっとも忠吾の意思というよりは、猪三郎の命令によるもののようだ。

と、この辺りまでは源太夫でも知っていたが、ということは園瀬藩では周知の事実ということであった。以下は、権助から得た知識である。

「忠吾のことだが」

「大旦那さまもお気付きで」

庭で軍鶏の唐丸籠を移動させていた権助に声をかけると、打てば響くように返辞があった。下男はそう言ったきり仕事を続けた。

軍鶏は体温の調節ができないので、長時間にわたり日光にさらすと体力を消耗《しょうもう》してしまう。常に注意して、陽光が強ければ日陰あるいは風通しのいい場所に、移してやらねばならなかった。

それがわかっているので、源太夫も急かすことはしない。軍鶏の歩みにあわせてゆっくりと歩く権助のあとに、黙って続きながら思った。

――やはり気付いていたか。この男も、一点を見ながら全体を見、全体を見ながら一点を見ることができるらしい。下男ながらたいしたものだ。

権助はあれこれ気付いたことがあっても、自分から言い出すことはしないで、問われたら答えるのである。だから源太夫は、この下男を信頼していた。

柿の木の下、樹葉が作る日陰に籠をおろすと、権助はその上に重石《おもし》を載せた。それから源太夫が鶏合わせ（闘鶏）や、軍鶏を行水させるときに坐る床几《しょうぎ》を持って来ると、自分は手ごろな庭石に腰をおろした。

「忠吾どのの母上は文さまと申すそうですが、病弱だとのことでございます」

「急に悪くなられたのだな。忠吾はそれが心配で、心を痛めているというわけか」

「いえ、そうではありません」

源太夫の早とちりに権助は苦笑した。

身のまわりの世話は、文の遠縁にあたる綾《あや》が見ていた。行儀作法の見習いを兼《か》ねて、十六歳から五年も文の身のまわりの面倒を見ているらしい。女性の重要な仕事である裁縫、断ち物、洗い張りなども覚えが早く、特に縫い物に関しては、文からすっかりまかされるまでになっていた。

使用人ではないので、炊事、洗濯、風呂焚《た》きなどはいっさいせず、常に文の側にいて用を手伝い、外出時にはお供をするし、口上のお使いにも行く。特にこのお使いが重要であった。

女たちは、親類や知り合いであっても、手紙の遣り取りはほとんどしない。たいていは口上ですませるが、それは上づかいの女中の役目であった。田貝家では、それを綾が受け持っていた。

口上とはいっても短い伝言ではなく、かなり長いものなので、内容を覚えて相手にきちんと伝えるだけでも、たいへんな仕事であった。ところがそれだけでなく、相手の長い口上を、もどって復命しなければならないのである。綾はそれをちゃんとこなしたのだから、頭もいいのだろう。

文の家系は美人がそろっているが、遠縁の綾もまた整った顔をしていた。文とのちがいは体が丈夫という点で、田貝家に来てからも風邪ひとつひいたことがないらしい。

「忠吾は綾といっしょになりたいのに、周囲《まわり》の反対のためにそれが叶えられず、悩んでおるのか」

源太夫に訊かれた権助は、ちいさく首を振った。

「気心の知れた綾どのであれば願ったりかなったりだと、お文さまは乗り気だそうですが」

「とすると、父親だな」

「猪三郎さまはなにも申しませんが、できるなら添わしてやりたいとのことのようです」

「なら、問題はないではないか」

「それができぬ事情が」

「どういうことだ」

「当の猪三郎さまが、約束されておりまして」

若いころの道場仲間有明軍兵衛《ありあけぐんべえ》と、酒の席で、

「喜美恵《きみえ》を忠吾の嫁にくれぬか」

「おお、ぜひにもそう願いたい」

などと、まだ二人が幼いときに、軍兵衛の娘を倅の嫁にと、口約束していたのである。となると周囲も、「喜美恵は大きくなったら、忠吾さんのお嫁になるのね」などと言うので、本人たちもそれを意識せざるを得ない。つまりは親が口約束した時点で、公認の許婚《いいなずけ》となったのだ。

「思い出したぞ、それならわしも聞いた。なるほど、そういうことか」

人は成長するにつれて、考えが変わることがある。一つ屋根の下で暮らすうちに、忠吾は次第に綾に魅力を感じるようになり、相手も自分を憎からず思っていることがわかったのだろう。となるといっしょになりたいと熱望するのが自然な成り行きだが、そこに親同士の約束という、堅牢な壁が行く手を塞いだのである。

たとえ酒席での口約束であったとしても、武士に二言は許されない。もっともその後、親同士が断交しておればその限りでないが、物頭席の普請奉行である軍兵衛と用人の猪三郎は、変わらぬ交誼《こうぎ》を続けていた。

さらに言えば、若き日の道場仲間は、友人の中でも別格の存在なのである。

源太夫にしても、かつて道場で汗を流した相弟子は、やはり普通の知己《ちき》とはちがっっていた。目付から年寄役に進んで、讃岐《さぬき》となった芦原弥一郎《あしはらやいちろう》や、藩校千秋館の教授方で、盤晴と名乗る池田秀介とは、立場や身分に関係なく「おまえ」「おれ」で呼び合って、特に親しくしている。

酒席での口約束だからと、忘れたふりや無視はできないのである。

「すると」

「喜美恵どのは十八になられたそうで、忠吾どのは二十二。婚儀は殿さまに願い出て許しをいただかねばなりませんし、とすれば、そろそろ日取りを決めねばと、有明さまに迫られたのではありますまいか」

「酒席の約束のために、雁字《がんじ》搦めというわけか」

「おそらく」

「猪三郎どのもサムライだからのう」

困惑気味の言葉を残して、源太夫は道場にもどった。

剣術に関するあれこれであれば、たいていのことは解決できる自信があったが、ことが男女の問題となると話は別であった。しかも武士の約束という縛りが加われば、もはや源太夫には手の施しようがなかった。というよりも、どうやって解きほぐしていけばいいのか、糸口を見つけることさえできない。

若いころ、剣の道で強くなることしか考えていなかった源太夫は、女性に対して剣以上に心を躍らせたことがなかった。十六のとも与を娶《めと》ったのが十八歳で、その直後に江戸詰になっている。そのおりにも心を占めていたのは、江戸の道場で剣の腕を磨くことだけであった。

無粋と言われればそれまでだが、女性に対して心をときめかした覚えがなく、そのため思い悩んだ経験もない。剣に関しては敵手《あいて》の考えが読めるのだが、女性の心の機《き》微《び》はわからない。そのために最初の妻であるとも与には、辛い思いをさせてしまったと悔やんでいる。

源太夫が人の心を慮《おもんぱか》ることがいかに重要であるかに気付かされたのは、みつを後添えとし、同時に道場を開いて多くの弟子を持つようになってからであった。

そんなかれがいくら考えをめぐらそうが、いい知恵の浮かぶ道理がない。

「お困りのことがおありなのですか」

食事のあとで茶を飲んでいると、みつがさりげなく訊いてきた。

「……ん？」

「お顔がいつもとは」

「心のうちが顔に出るようでは、わしもまだまだ未熟だな」

「お顔だけではございません。おおきな溜息を」

「そうか」

「それだけ、根が正直なのでございますね」

「ま、わしの一番の弱みだから、手の施しようがないのは事実だが」

「と申されますと、色恋のことでございますか」

「おまえも正直な女だな」

「お好きなお方でもおできに？……おやおや、どうなさいました。冗談でございますよ」

その様な遣り取りがあって、源太夫はみつに忠吾の事情を話したのである。

「そうでございましたか。おまえさまがお悩みなさるのも、詮ないことでございますね」

みつもおおきな溜息をついた。

四

「いかがなさいました、先生」

道場に姿を見せたら、すぐ母屋に顔を出すようにと権助に命じておいたので、鋏之丞はあわててやって来た。

「鬼の霍乱《かくらん》というやつかもしれん」

寝《ね》部屋の蒲団で、上体だけを起こして源太夫は鋏之丞に言った。

「すこし休めば治るだろう。そこで立川どのの墓参だが、すまんが今日は一人で行ってくれんか」

「それはよろしいですが」

「徹宗和尚に事情を話して、わしのかわりに経をあげてもらってくれ」

そう言って、源太夫は供養料の紙包みを鋏之丞に渡した。

「かしこまりました。くれぐれもお大事になさってください」

源太夫はこれまでも、相手を倒した時間に墓参することにしていた。秋山精十郎は午《ひる》の八ツ（二時）、立川彦蔵はおなじく八ツ半（三時）、武尾福太郎の場合は早朝の七ツ半（五時）であった。

鋏之丞は道場でひと汗流してから組屋敷にもどり、すこし早目の昼食《ちゆうじき》を摂《と》ってから出かけるはずである。

弟子を一人で墓参に行かせるかどうかで、源太夫は随分と迷ったものだが、今回限りの例外ということで、自分を納得させたのであった。当然、本人が出向くべきで、嘘をついてしまったことが、どうにもうしろめたくてならない。

体の不調を理由に鋏之丞を一人で墓参に行かせた以上、源太夫は道場に出るわけにいかなかった。居室で書見台に向かっていたが、鋏之丞がもどってあいさつをしたのは、七ツ半（午後五時）を過ぎてからである。

ところが顔色が良くない上に、もの思いに沈んでいる。

「どうした？」

「えッ、いえ」空返辞をしてから、「えッ、なにが、でございましょう」

鋏之丞はそう訊き直したが、源太夫の視線とぶつかると、思わず目を逸《そ》らせた。

「どうやら、来なんだようだな、民さんは」

鋏之丞は驚愕のあまり、飛び出しそうな目で源太夫を見たまま、声を発することもできないらしい。思いもしなかった言葉であったのだろう、口をがくがくと震わせてから、ようやく声に出した。

「す、すると」

そこまで言って、鋏之丞は言葉を呑みこんだ。

「そういうことだ。騙《だま》してすまん。謝る。よかれと思ってしたことだ。許せ」

「そんな、許せだなどと」

「二人だけで話したほうがいいだろうと思うたのでな。だが、来なかったのならしかたがない。きっぱりと諦めることだ」

民恵と久し振りに出会ったときの二人の不自然さ、数日後に民恵がかれらのことを徹宗和尚に訊ね、命日の八ツ半には源太夫と銕之丞が墓参すると知ったこと、翌月の墓参で銕之丞がひどく紅潮していたこと、それらから判断して、民恵と銕之丞が逢って話したことはまちがいない。その後、銕之丞は落ち着きがなくなったし、元気もなかったが、民恵のことが頭から離れないからだろうと判断したのである。

源太夫はそのために仮病を使って、銕之丞を一人で墓参させたのだが、民恵は来なかったらしい。どのような事情かはともかく、娘には銕之丞に逢えない理由があったのだろう。あるいは、すでに好きな相手がいて、逢うことを拒《こば》んだのかもしれない。

銕之丞はうつむいたまま、唇を嚙みしめている。

「諦めきれぬか。ま、むりもないが」

「ちがいます」

「ちがう？　なにがちがうのだ。それとも、諦めることができたというのか」

「民恵は来ました」

「そして断られたのだろう」

「…………」

「黙っていてはわからん」強い口調になってしまい、源太夫は詫びた。「いや、すまん。話したくなければ、むりに話さずともよい」

しかし鋏之丞は、その場を去ろうとはしなかった。

「よかれと思うたが、わしは出すぎたまねをしたかもしれんな」

「いえ、それについては感謝しています。わたしは自分のことに精一杯で、先生のお心遣いに気付きもしませんでした」

「いずれにせよ、話すことができたのなら、よかったではないか。なぜ、そんな暗い顔をしておる」

「民恵は今の親に産みの親とおなじくらい、いえ、それ以上に恩を感じているので、断ることはできないと申しました」

「だれぞといっしょになるよう、親に言われたのだな」

「いえ。二十歳になるまでは、親を手伝いながら、弟や妹の世話をしたいと言ったとのことなので。……ただ」

言い淀《よど》んだが、源太夫が目顔でうながすと、鋏之丞はためらいがちに続けた。

「民恵は十六です。二十歳で嫁《とつ》ぐとなると、準備もありますから、あと一、二年もすれば、遅くとも三年後には、嫁入り話が決まるはずです」

銕之丞はそう言うと口を噤《つぐ》んでしまったが、とすると二人は気持をたしかめあったのだろう。そしてお互いが好意以上の、いや、もっと強い感情を抱いているのを知ったにちがいない。

だが民恵は、自分を引き取ってくれた作蔵夫婦の恩に報《むく》いることを、第一に考えているのだ。そして義理の両親が選んだ相手に嫁ぐのが、一番の親孝行だと心に決めているのである。

「ああ、歯痒《はがゆ》い。もどかしくてならん」

源太夫が思わず本音を洩らすと、銕之丞は理由を問うような目でかれを見あげた。

「おまえたちは気持をたしかめあったのであろう。しかも民さんは作蔵どのから、だれかといっしょになれと言われたわけではない。ただ、二十歳になったら親の選んだ相手に嫁ぐというだけなのだな」

「はい。……そうですが」

「であれば銕之丞が名乗りを上げればいいではないか。当たって砕けろとも言う。作蔵どのに直談判すれば、すべてが解決するのではないのか」

「……それができるくらいでしたら、だれも悩みはいたしません」

唇を嚙みしめた銕之丞は、恨めしそうな目で源太夫を見ると、そのまま顔を伏せてしまった。

「とすると、ほかにもなにか理由《わけ》があるのだな」

「………………」

「そういうことか。……なんとかしてやりたいが、これぱかりは」

「そのお言葉だけで、わたしには十分でございます」

「事情が変わることがあるかも知れぬゆえ、望みは捨てるな。それと、くれぐれも妙な気を起こすではないぞ」

「はい、わかっております。ありがとうございました」

銕之丞は一礼して去った。

みつなら自分には思いもつかぬような知恵があるかもしれないと、夕餉《ゆうげ》のおりに源太夫はそれとなく話してみた。しかし、さすがに名案は浮かばぬようであった。

「こうなれば、わしが直《じか》に作蔵とやらに掛け合うか」

「およしなさいませ」

「だが、ほかに打つ手もなかろう」

「どのようにお話しなさるおつもりですか」

「お宅の民恵どのとわが弟子の狭間は、互いに好きおうておるゆえ、いっしょにさせてはもらえぬかと、単刀直入に」

「単刀直入すぎますよ。おまえさまがお弟子に打ち明けられたので、取り持つことにしたのだと、作蔵さんはお思いになられることでしょう」

「まあ、当然であろうな」

「二人が好きおうているということは、銕之丞どのと民恵さんが気持をたしかめあったということになります。親御さんにすれば、そのような大事なことをなぜ親でなく、おまえさまに打ち明けたのだと、気分を悪くなさるかもしれません。そうしますと、却って話がこじれてしまいます」

たしかにみつの言うとおりである。

「短慮であったか」

「民恵さんの口からご両親に打ち明けるのが、一番いいと思いますけれど」

「それができないから、悩んでおるのではないか」

二人は同時に溜息をつき、それがどことなくおかしくて、思わず顔を見合わせてしまった。

五

田貝忠吾が道場に姿を見せなくなったことに、源太夫は三日目になってようやく気付いたが、それほど印象が薄いということであった。風邪でもひいたのだろうと思ったものの、五日目になるとさすがに放ってもおけず、忠吾の弟の強次《きょうじ》を母屋に呼んだ。

道場開きと同時に兄弟そろって入門したので、二人が弟子になってすでに三年あまりが経っている。忠吾と三つちがいの弟の強次は十九歳で、母よりも父猪三郎の血をひいたらしい。入門時には忠吾のほうがおおきかったが、並んだと思う間もなく追い抜いて、今では強次が拳《こぶし》ひとつ以上おおきかった。どちらかというと線の細い忠吾に比べ、強次はがっしりとした体格をしていた。

独りでいることを好む引っこみ思案な兄と比べて、陽気で腕も立つ弟の強次には道場仲間もたくさんいた。なにからなにまで対照的でありながら、二人はきわめて仲がよかった。忠吾は道場仲間といるときよりも、弟といっしょのほうがおだやかな表情をしていた。

「忠吾はぐあいが悪いのか」

「いえ」

「十日ほどまえから気にはなっておったのだが、休んで今日で五日になる。なにか気に病むようなことでも出来《しゅったい》いたしたのか」

「十日まえから、……でございますか」

「なにか思い当たることがあるらしいな」

「そういうわけでは」

「弟としては言いにくいこともあろうが」

「…………」

「黙っていてはわからん。起居をともにしておるおまえが気付かぬはずがないとは思うが、庇《かば》わねばならん事情でもあるのか」

「なぜ、わたしが兄を庇わねばならないと」

「それを知りたい」

「おっしゃる意味が、わかりません」

「では訊くが、なぜ、勝ちを譲る」

「……！」

「おまえが忠吾と竹刀を合わせねばならんとき、三本に一本は勝ちを譲っておる。あいつがそれに気付いておらんと思うておるのか」

「……！」

「それくらいがわからずに、道場主は務まらん」

「……だれにも知られていないと思っておりましたが、先生の目は」

「わしよりも、忠吾だ。おまえは兄を思いやってのことだろうが、あいつにとっては、それは屈辱以外のなにものでもない」

「わたしは、兄を侮辱しようなどとは」

「当然だ」

「兄は気付いていないと」

「わしはそうは思わん」

「………」

「おのれがよかれと思ってしたことが、逆の働きをすることはある。……しかし、それだけではなさそうだな」

「と、申されますと、なにか」

「有明軍兵衛どのから、喜美恵どのとの婚儀の日限を迫られたのか」

「えッ、どなたに？」

「だれに聞いたわけでもない。父上と有明どのの口約束の件を耳にしていたので、もしやと思ったのだが。……やはりそうであったか。綾どのが好きな忠吾は、追い詰められて苦しんでおるのだな」

「綾どの、でございますか」

「一つ屋根の下で、毎日のように顔を合わせておるのだ。喜美恵どの以上に、親しみを覚えるのが自然の理というものだろう」

強次は考えをまとめようとでもするように、眉根に皺《しわ》を寄せて黙ってしまった。

「いかがいたした」

「綾どのを、兄が、でしょうか」

「ちがうのか」

「兄がそう申したのですか」

「いや、わしの当てずっぽうだ。親同士の口約束、会ったこともない、いや、会ったことはあったとしても、満足に話したことのない喜美恵どのと、毎日のように顔を合わせている、母親のお気に入りの遠縁の綾どの」

「…………」

「邪推《じゃすい》であったかな」

「いえ、先生のご判断が正しいのかもしれません。わたしでさえ気付かぬほど、兄が心を悟られぬようにしていたとすれば、それはあり得ます。兄だからこそ、あるいは」

「まて、なにかありそうだな」

「いえ、別に」

「心当たりがあるのであろう」

「おそらくわたしの思いすごしです。それに、いくらなんでも」

「喜美恵どのでも綾どのでもない、別の娘がいるのか」

「でも、それはありえませんから」

「ということは、いると白状したもおなじことだ」

「有明さまが父と酒を酌み交わしながら、つい、ではありましょうが、喜美恵どのの自慢をされまして。茶道、華道、香道、書道を学んだだけでなく、琴を弾じるし、小太刀と薙刀《なぎなた》、それに弓道では並みの男なら、相手にならんだろう。と言って、決して男勝りではない。礼儀作法の嗜《たしな》みはあるし、十分におしとやかだ。そればかりではない、親ばかだと笑ってもらってけっこうだが、十八になったら急にきれいになりおった、とこんな具合で。父はいっしょになって笑っておりましたが、わたしには兄の顔が次第に憂鬱になってゆくのがわかりました」

「それは軍兵衛どのの自慢話に閉口してであって、喜美恵どのに対してではないのではないか」

「有明さまが帰られたあとで、兄はこんなふうに洩らしました。自分は喜美恵どのにふさわしい男ではない、あの人にふさわしいのは父上のような男なのだ、と。それから冗談に紛《まぎ》らせるように、……いえ、やめときましょう」

「話せ、途中でやめるやつがあるか」

「申し訳ありませんでした。どうかお忘れください」

しばらく待ったが、強次は黙ったままである。

「おまえが言わぬなら、わしが言おう」

「……？」

「喜美恵どのにふさわしいのは、むしろ強次だ。それだけではないな。おそらく、こう言ったのであろう。強次は十九で喜美恵どのは十八、どうだ、夫婦《みょうと》になって田貝家を継いではくれんか」

「……！」

「当たらずとも遠からじ、のようだな」

「でも、武家にとってはそのようなことは通るわけがありませんし、わたしにしましても、とても受けられる話ではありません」

「だから忠吾も悩んでおるのであろう。それで冗談のように、つい、本音を洩らしたのではないか。では次に移ろう。綾どののどこが気に入らんのだ」

「先生にはかないませぬ。……どうせ隠しきれませんから、正直に申します。綾どのは母と四六時中いっしょですので、兄とわたしのことを絶えず聞かされているのです。そのため、わたしたちのことをすっかりわかっているようで、口にこそ出しませんが、心のなかではわれらを子供扱いしておる、と兄は申しました。だから苦手なのだ、とてもではないが、伴侶《つれあい》にしたい女ではない、と」

「子供扱いか。たしかに忠吾も強次も子供っぽいかもしれんな。で、その忠吾のお気に入りは、どんな女性《にょしょう》なのだ」

「お気に入りかどうかはともかく、お吉《きち》と話しているときは」

言い止《さ》して、強次は弾けたように笑い出した。

「なにがおかしい」

「どうも失礼いたしました」謝りながらも、強次は声には出さずに笑った。「お吉は綾どの以上に、わたしたちを子供と見ているかもしれません」

「お吉というと、女中だな」

「はい。上づかいの女中ではなくて下女です。十六の歳にわが家に奉公にまいりましたが、そのとき兄が十歳、わたしは七歳の子供でした」それから突然、驚いたような顔になった。「兄が二十二ですから、お吉はもう十二年もいることになります。すると、二十八になるんですね、あの女は、もう」

お吉は水呑み百姓の三女か四女で、口減らしのように田貝家の下女となったとのことである。陽気な、よく笑う娘で、兄弟にもおもしろい話をしてくれたし、冗談を言い合ったものだという。もっともそれは、人がいないときに限られていた。ほかの女中や家士に見つかれば叱られるし、母親の文が知れば、叱責だけではすまないからである。

家に来たとき兄弟は少年だったので、お吉は今でも二人を子供のように考えているにちがいない、と強次は言った。かれは忠吾とお吉が楽しそうに話しているのを何度も見ているが、兄があるがままの自分を見せられるたった一人の女性、いや男女を問わずに素顔を見せられ心を許せる人物、それがお吉かもしれないと言った。

「だからわたしは、喜美恵どのや綾どのを負担に感じる兄は、ひそかにお吉といっしょになりたいのだろうと思っていましたが、考えるまでもなく、絶対にありえないですね」

「絶対に？」

「百姓女で、下女、しかも六歳も年上です。父と母が許すはずがありませんし、兄だってそんなことは思っていないでしょう」

ということは、それまで強次は、忠吾がお吉といっしょになりたいと思っていたということになる。

強次は注意深く言葉を選んで話したが、源太夫は、忠吾とお吉が男と女の仲になっていることを、かれは知っているのではないだろうか、と思った。

源太夫はお吉がどんな女かは知らなかったが、いたずら半分で忠吾を誘惑したのかもしれない。初心《うぶ》な忠吾が、すっかり年上女の虜《とりこ》となってしまったとも考えられる。

あるいは軽い気持であったのに、いつの間にか思いあうようになった可能性もあるだろう。下女のお吉が二十八にもなりながら、嫁にも行かずに奉公を続けているのは、そのためだとも考えられる。普通は二十歳にもなれば、周りのだれかの口利きで片付くものだ。

世間知らずで相談相手もいない忠吾は、そのために父と母、さらには自分の気持の板挟みになって懊悩していたのだろう。しかしどう考えても、叶うわけがないのである。

「よし」と、源太夫は膝を叩いて立ちあがった。「今夜にでも見舞うとしよう」

「見舞いでございますか」

「おかしいか？　弟子が五日も道場に来ぬのだ、師であるわしが見舞ってふしぎはなかろう」

強次はなにか言いかけたが、口を噤《つぐ》んでしまった。

「道場にもどります」

その場を辞した強次は、何度も首を振りながらもどって行った。

羽織袴に着替えた源太夫が田貝家を訪れたのは、五ッ（午後八時）を過ぎた時刻である。応対に出た若侍は客間に案内してさがると、ほどなく茶を運んできた。

現れた当主の猪三郎は源太夫と同年輩だが、中年になったせいだろう、以前見かけたときに比べると肉がついていた。その分貫禄があったが、武芸の心得があるだけに、動作はきびきびとしてむだがない。

「忠吾のことでござるな」

猪三郎が開口一番そう言ったので、話が聞けそうだと源太夫は期待した。ところが、忠吾にはよく言い聞かせておいたし、道場へもなるべく早く通わせるようにすると言ったきり、黙ってしまったのである。

これでは取りつく島もない。家にはそれぞれ事情があるので、首を突っこんでもらいたくないということなのだろう。病気でないことだけは確認したが、しかたなく源太夫は田貝家を辞した。

忠吾のことは常に頭の片隅にあったものの、つい忙しさに紛れてしまいがちであった。弟子それぞれに個性があり、成長の度合いもちがっているので、単純で画一的な指導では能力を引き出すことは難しい。ひと言の指摘でわかる者もいれば、いくら矯正しても、いつの間にかもとにもどってしまう者もいた。

師匠日向主水の言葉を俟《ま》つまでもなく、源太夫としては、一点を見ながら全体を見、全体を見ながら一点を見ることを、身につけざるを得なかったのである。

猪三郎の言葉にもかかわらず、忠吾は道場に姿を現さなかった。

道場に来なくなって十日目、つまり源太夫が田貝家を訪れてから五日目に、かれは権助からなにがあったかを知らされた。

が、道場に来なくなった前日は非番であったが、夕食を終えると忠吾は行く先も告げずに家を出た。急に友人のだれかを訪ねたくなったのだろうと、家の者もさほど気にしなかったが、忠吾は四ツ（午後十時）をすぎて、泥酔して屋敷にもどったという。しかも、白粉《おしろい》の匂いをぷんぷんさせていたのである。

「いかにして探り出したのだ」

「………」

「どうやら、わけがありそうだな」

「下男にもいろいろありまして、だれもが主人に忠実とはかぎりません」

源太夫もそれ以上は訊かなかったが、権助は猪三郎、あるいは田貝家に不満を抱いている使用人を知っていたか、でなければ弱みを握っている下男の一人を脅《おど》してもして、訊き出したのかもしれない。いずれにしても権助が、なんらかの方法で探り出したとて、少しもふしぎではなかった。

それにどんな家にも綻《ほころ》びはある。だから、秘密にしておこうと家士や使用人に緘口《かんこう》令《れい》を敷いたところで、隠し通せるものではないようだ。

権助の話によるとこうである。

忠吾は泥酔してもどったが、運よく猪三郎は寝に就《つ》いていた。母親の文は今回に限り黙っているということで、以後はくれぐれもかようなことのなきようにと、息子に釘を刺したらしい。

翌朝、忠吾が起きてこなかったので、事情を知らない父の猪三郎は病気届けを家士に届けさせた。もう一日休んだ忠吾は、翌日は出仕したが、下城するといつの間にか姿を晦《くら》まし、やはり遅い時刻に酔ってもどったのである。

猪三郎は激怒して厳しく叱責したが、忠吾だけでなく、最初の泥酔を隠していた文もその対象となった。あまりにも一方的なので、母親は思わず息子を庇ったが、それがますます猪三郎の怒りに火をつけてしまったらしい。

それまでの文からは考えられぬことだが、忠吾が自棄《やけ》酒を飲むには、それだけの理由があるのだと口答えしたのであった。それが有明軍兵衛との酒の席での口約束で、あるいは猪三郎も悔いてはいたのかもしれないが、「武士の約束だ、論外である」と歯牙《しが》にもかけず、頭から無視してかかった。

翌朝、忠吾を叩き起こした猪三郎は、むりやり登城させた。ところが宿酔《ふつかよい》のためだろう、蒼い顔をして出仕した忠吾は、下城しても家には帰らなかった。

猪三郎は止むを得ず、再度病気届けを出した。虚偽の届けが発覚すれば処分を受けねばならないので、苦虫を嚙み潰したような顔になり、そのため周りの者も神経を尖《とが》らさざるをえなかった。

かれが下城して家来を供に帰宅すると、田貝家のまえで男が待っていた。新町《しん》の遊郭のあるじが、若い武士が無断外泊したのを知り、それも用人の息子だとわかって、若い衆《し》を報《しら》せに寄こしたのである。もちろん人知れず事を運んだが、忘八《ぼうはち》連中が金蔓《かねづる》を逃すわけがなかった。

猪三郎はただちに着替えると、かなりの金を用意して楼《みせ》に急行した。金は内々《ないない》に報せてくれたことに対する謝礼のためであった。

猪三郎は忠吾を連れもどして屋敷内に監禁し、家士を見張りにつけたのである。源太夫が訪れたのはその夜のことで、猪三郎にすれば話どころではなかったのだろう。

翌日、当分のあいだ病気療養のためとの理由で、猪三郎は忠吾の休職願いを出し、受理された。

忠吾の不行跡を知った有明軍兵衛は、厳重なる抗議をしたという。嫁入り前の娘の父親としては、当然のことだろう。

おかげで母親の文は、本当に寝こんでしまった。

六

源太夫は恵海和尚と一局囲みたくなって、半月ぶりに寺町の正願寺を訪れた。いつもは大村圭二郎などを遣いにやって、恵海の都合を訊いてから訪問するのだが、その日は予告なしであった。

運よく和尚は在寺していて、

「おやおや、なにか悩みごとでもおありですかな」

一升入りの瓢箪をさげた源太夫を見るなり、恵海はそう言った。互先で碁を打つようになってからというもの、和尚は口で先制攻撃を仕かけるようになっていたのである。

「和尚に相談しても、これぱかりはどうにもなりませんな」

源太夫は軽く切り返した。

「これはごあいさつだが、腕をあげられたゆえの強気の発言とみました」

「いえ言葉どおりでして、色恋の悩みゆえ和尚には荷が勝ちましょう」

「美人で良妻賢母の誉《ほま》れも高い奥方を持ちながら、青楼《せいろう》の遊君《ゆうくん》に骨抜きにされましたか」

「これは驚きだ。とてもではないですが、高僧知識のお言葉とも思えません」

軽く冗談を言い合ったが、盤をまえに烏鷺《うろ》の争いに入ると、二人はたちまちにして集中し、無駄口ひとつ叩かなかった。腕が互角なこともあり、盤上は石を置いたほうが優勢になるという鍔迫《つばぜ》り合いが終盤まで続いた。

勝敗はもつれにもつれたが、黒番の恵海和尚が六目差で勝った。先手必勝で黒番が五、六目から七目は有利だということからすれば、まさに互角の勝負だと言える。

こういうときは酒もうまいし、酒が進むと口も滑らかになるものだ。恵海の誘導も巧みだったのだろうが、源太夫はいつの間にか鋏之丞と民恵の件を打ち明けていた。

「なるほどそういう話なら、拙僧には荷が勝ちますわい」

「何事も時が解決してくれると申しますが、これぱかりは時とともに事情が悪くなるので、頭が痛くなります」

「道場のあるじも、らくではありませんな」

「ヤットウの指南ならなんとかなりますが」

「色は思案の外《ほか》ですからな」

「まさに、そのとおりで」

「時異《ときこと》なれば事異《ことこと》なり、と申します。時とともに事態はさまざまに変化し、対処する方法も効果も異なってまいりますゆえ、しばらくはようすを見られたほうがよろしかろう。今日明日の問題、というわけでもありませんでな。急いては事をし損ずる、の喩《たと》えもあります」

たしかに恵海和尚の言うとおりかもしれないと、源太夫は「焦ることなかれ」と自分に言い聞かせた。

その後も鋏之丞の元気がないことには、変わりがなかった。相弟子と談笑していても、いつの間にか考えに耽《ふけ》ってしまうらしく、「おいおい、鋏之丞。聞いておるのか」などとからかわれているのを、源太夫も目にしたことがある。

会話が途切れたときに、だれもが驚くほどおおきな溜息をついて、失笑を買ったりもしたし、それまでは軽くあしらっていた相手に打ちこまれたりと、まるで箍《たが》が外れた桶さながらに、身も心もばらばらであった。

――かなり重症であるが、よき方策はないものだろうか。

若いころに悪所通いでもしておれば、酌婦を置いた店にでも連れて行き、酒を飲ませた上、若者の扱いになれた妓《おんな》に金を握らせて、委《ゆだ》ねるなどもできただろうが、源太夫はその辺にはまるで疎《うと》かった。若いころは、ただひたすら剣の腕をあげたいと、それればかりを願っていたのだから仕方もないだろう。軍鶏の鶏合わせを見ても、秘剣を編み出すことしか頭になかったのである。

いや、自分にそのような経験がなくとも、多少でも融通が利けば、事情に通じた者に相談もできたのだろうが、まじめ一方の源太夫は、そんなことは思いもつかずに、一人で気を揉んでいた。

そして源太夫の悪い予感が的中し、危惧していたことが起きてしまった。銕之丞が、次回の墓参に行きたくないと言い出したのである。

理由を知りたいとは思っても、銕之丞は心の内を打ち明けようとはしなかった。

「わしは頼りにならん師匠かもしれんが、できるかぎりのことをしてやりたいのだ」

いつになく強い源太夫の言葉が意外だったらしく、銕之丞は目を見開いたが、やがて切なそうに首を振った。

「行くのが辛うございます。逢うのが辛いのです。わたしにはもう耐えられません。それに」

銕之丞はまたしても口を噤んでしまったが、源太夫は急かさず、弟子の口が開くのを辛抱強く待った。

「わたしが気持を伝えますと」と、ややあって、意を決したように鋏之丞は続けた。「民恵もわたしを好いてくれていると打ち明けたのです。それはそれとして、民恵は義理の親の恩に報いることを、まず第一に考えていると申しました」

だがそれは、鋏之丞を傷つけることなく諦めさせるための、口実ではないかと思うようになったと、かれは辛そうに言った。

なぜなら、民恵は槍組の組屋敷を出て、作蔵夫妻の義理の娘になって六年になっていた。あの家は裕福なので、同じように富裕な家の嫁になれるはずである。もとの生活の貧しさを身にしみて感じている民恵は、再び昔の生活にもどりたいとは思ってはいないだろう。

義理の親の恩に報いるためだと言えば、鋏之丞も諦めざるを得ない。だから口実にしているのかもしれない、そう思うようになったと言うのである。

「わしが作蔵どのに直談判しろと嗾《けしか》けたおり、躊躇《ためら》っておったのは、そのためだったのか。……だが、それは心得ちがいではないのか」

「…………」

「鋏之丞がそのように考えているとしたら、民さんを侮辱することになるのだぞ」

「わたしが民恵を？　とんでもない、わたしは民恵に幸せになってもらいたい一心で」

「もしも民さんが、心より義理の親への恩を第一に思っているとしたら、鉠之丞の考えはそれを打ち消すことになる」

それはおまえの僻み根性でないのかとまでは、さすがに源太夫には言えなかった。好きな娘に幸せになってもらいたいが、貧乏侍の妻では生涯辛い思いをしなければならないだろうと、相手を思いやる気持もわからないではない。とはいうものの、そのために逢うのが辛いから墓参に行きたくないというのでは、あまりにも男らしくないではないか。

鉠之丞は苦しそうに顔をゆがめたが、源太夫の心もたまらなく重かった。しかし、そのままにしてはおけない。

「だからおまえは諦めるのか。諦められるということは、心から願っていないからではないのか」

「そんなことはありません。でも、諦めるしかないのです」

「諦めるのはかまわんが、自分を本当に納得させてからでないと、一生、悔いることになるぞ」

「だから納得させました」

「真実好きでならないのなら、駆け落ちしてでもいっしょになりたいというのが、人というものではないのか」

「それは双方が願っておればのことです」

「だが、おまえは民さんの気持を、たしかめてはいない」

「いえ、たしかめました」

「相手の言い分を聞いただけだろう。駆け落ちしてくれと訴え、できませんと言われてはじめて、諦めればいいではないか。それが本当に諦めるということではないのか。それをしもしないで、身を引くというのは卑怯者のすることだ」

卑怯者と言われた鋏之丞がきっとなったので、源太夫は静かに続けた。

「一晩でも二晩でも、いや五日、十日かかってもいい、それでも行かないというのであれば、わしも反対はしない。わしは鋏之丞に、自分を偽《いつわ》ることだけはしてもらいたくないのだ」

七

「強次どのが、お話があるとのことですので、母屋のほうに」

権助が道場の源太夫を呼びに来たのは、四ツ（午前十時）になろうかという時刻であった。

源太夫が表座敷に通ると、強次が頭をさげた。

「いかがいたした」

「兄が、……姿を晦ましました」

源太夫は口を挟まずに、強次の語るにまかせた。

忠吾は両親に書置きを残していたが、概要は次のようなものである。

故あって家を出ることになったが、どうか不孝、不忠の段はお許しいただきたい。そして探さずに、そっとしておいてほしい。家督は強次に継いでもらいたいと、それだけの簡単なものであった。

座敷牢に入れられていたので、ゆっくりと認《したた》める時間がなかったせいもあるのだろうが、家を出るに至った経緯については、ひと言も触れてはいなかったとのことだ。

「だが、そこまで思い詰めていたなら、なぜ両親に相談しなかったのだろう」

「父は絶対に許すわけがありません」

「それにしても、監禁されて家士が見張っていたのに、よく逃げられたものだな」

重職の家の多くは、万が一の場合に備えて座敷牢を設けていた。田貝家のそれは全体が六畳で、三方が壁となり、廊下に面した一面のみが襖《ふすま》となっている。襖を開けると三畳の畳敷きとなり、中央が頑丈な格子で仕切られ、その向こうが三畳間となっていた。格子になった右下に、人が身を屈《かが》めて入れるだけの扉があり、鍵がかかるようになっている。扉の下は六、七寸（約二十センチ）ほどが開けられていたが、それは食事や水の出し入れのための隙間であった。

忠吾は奥の三畳に入れられ、手前の三畳で三人の家士が交替で見張っていたという。昨夜の四ツ（十時）からは津軽久吉《つがるひさきち》の番であった。

「まじめな男ですが、たった一つだけ弱点がありまして、酒に弱いと申しますか、極端にだらしないのです。今朝《こんちょう》、六ツ（六時）に交替の宮脇進吾《みやわきしんご》が行くと、泥酔した津軽は鼾《いびき》をかいて寝ていたそうです」

鍵は開けられ、座敷牢はもぬけのからであった。宮脇に揺さぶられて目を覚ました津軽は、一瞬にして事態を覚《さと》ってうろたえた。冷静な宮脇は騒ぎ立てることなく、猪三郎に報せ、たまたま異変に気付いた強次と座敷牢にもどり、書置きを発見したのである。

空になった酒徳利に気付いた猪三郎が、津軽を睨みつけると、

「申し訳ありません。死んでお詫びいたします」

絞り出すようにそう言うなり、津軽は脇差を鞘のまま抜き取った。

「ばか者」猪三郎は津軽の腕を掴み、押し殺した声で言った。「死ぬことは断じて許さん。それよりも、なぜこうなったかを話せ」

顔をゆがめ、引き攣《つ》らせてから、ようよう津軽は口を開いた。

「はい。昨夜、わたしが交替して半刻（約一時間）ばかりしまして、襖をそっと開ける者がおりました」

下女のお吉であった。

「お疲れで。ほれに、退屈やな」

言いながらお吉が湯呑茶碗を差し出したので、津軽は思わず受け取ってしまった。するとお吉はにっこりと笑い、体の後ろに隠していた徳利を両腕で持って、津軽の横に置いたのである。

「とんでもない。わしはお役目中だぞ」

津軽は目顔で、格子の向こうの忠吾を示した。

「鍵をお持ちでないで。ほれに忠吾さまは、逃げようなんて、ちょっともお思いではないでわ」お吉は微笑みながら、津軽の耳もとに口を近づけると囁いた。「注《つ》いだげるけん」

「とんでもない、よせ」

「だれにもわからんでわ」

お吉は徳利を両手で持つと、驚くほどの素早さで津軽の茶碗に酒を注いだ。

「あまりの手際のよさに、避ける暇がなかったのです」

津軽は弁解したが、それが本心かどうかはわからない。匂いをかぎ、茶碗の中の酒を見れば、呑兵衛の津軽ががまんできるわけがないのである。それでも躊躇《ためら》っていると、お吉が背中を押すように言った。

「あとで、徳利はさげといたげる」

酒にだらしない津軽が全部を飲み切って泥酔し、白河夜船となったところで、お吉は鍵を奪って忠吾を出したにちがいない。徳利と茶碗は、放置したままであった。

忠吾とお吉の二人が示しあわせていただろうことは、容易に想像できた。なぜならお吉は、発覚すれば叱責程度ではすまぬのがわかっていたはずだからである。それに鍵が開けられたからといって、忠吾にその気がなければ出るわけがなかったからであった。

食事の膳の出し入れは扉の下からおこなっていたし、幽閉された者に入浴の自由はなく、盥《たらい》で絞った手拭いで体を清めるくらいである。だが大小便はそうもいかないので、見張り付きで厠《かわや》を使うことになる。鍵は家士が開閉し、交替のおりに引き継いでいた。

お吉はそれを知っていたし、津軽が酒にだらしないことは、それまでの祝い事の席などでの酔い方でわかっていたのだろう。虎視眈々《こしたんたん》と機会を狙っていたと思われた。

出奔するとすれば、その道は限られている。高橋と、隣藩へ抜ける街道の北の番所には役人がいるので、そこは通れない。三箇所ある流れ橋のどれかを渡ったはずだが、雁金村《かりがね》に通じる街道への橋は使用しないだろう。西には屏風《びょうぶ》のような山が連なっているため、女連れでは簡単には抜けられないからだ。

園瀬の里の真南にある高橋と、北の番所の橋の間には、二箇所の流れ橋があるが、そのいずれかを渡ったはずであった。女連れではそう遠くまで逃げてはいないだろうが、猪三郎は家士に追わせることをしなかった。

母の文は半狂乱になったが、猪三郎は躊躇《ちゅうちょ》なく忠吾を廃嫡《はいちゃく》し、強次が家督を継ぐ手続きをすませたのである。そして以後は、その件に触れることがなかった。忠吾の存在そのものを、完全に心から消してしまったのだろう。猪三郎は自分の期待を裏切った長男を、どうしても許すことができなかったらしい。

忠吾が出奔したことで、有明軍兵衛の娘喜美恵との縁談は自然消滅したし、文の願っていた綾との婚儀も、当然だが成り立つわけがない。

一番の痛手を蒙《こうむ》ったのは猪三郎で、忠吾の失踪は致命的な政治的失点となった。なぜなら約束を破ったことで親友を裏切ったし、その原因が息子を御しきれなかったことにあったからである。

そして、文との間には決定的な亀裂が生じてしまった。

源太夫宛に封書が届いたのは、忠吾が失踪してからひと月ほど経ってからである。差し出し人の名はなかったが、一見して忠吾からだとわかった。

内容は心配と迷惑をかけたことに対する詫びと、元気にしていること、事情があって居場所を教えることはできないが、どうか御寛恕《ごかんじょ》のほどを願いたいという簡単なものであった。続いて、家には送れないので同封の手紙を強次に渡してほしいとある。

弟への封書は源太夫への手紙に比べると、ずっと分厚かった。

権助に道場の強次を呼びにやらせると、若い弟子は稽古着のまま、飛ぶような勢いで駆けこんで来た。あるいは予測していたのかもしれない。若い健康な汗がにおった。

源太夫はなにも言わずに、忠吾からの手紙を渡した。強次は顔を紅潮させ、封を切るのももどかしげに、猛烈な速さで読み、読むにつれてますます顔の色が赤くなった。

読み終わった強次は、改めて冒頭から、今度は丁寧に読み直した。読み終えると、しばらくはぼんやりと焦点の合わない目をしていたが、われに返ると手紙を巻き直して源太夫に差し出した。

「よいのか」

「はい」

強次はおおきくうなずいた。

手紙はやはり詫びからはじまっており、両親、道場の師匠、つまり源太夫をはじめとして、有明軍兵衛と喜美恵親子、綾、家士たち、特に津軽久吉はたまたまとはいえ、損な役回りを演じさせることになって気の毒である、と続いていた。さらには仕事の朋輩や道場仲間など、関わりのある人物の名前を羅列《られつ》し、本当に迷惑と心配をかけて申し訳ないが、なにを置いても強次にはすまぬ気持で一杯であると書いていた。

田貝家に関わる責任や煩《わずら》わしさのすべてを押し付けることになったが、強次なら自分以上に立派にその責を果たしてくれると信じていると、概《おおむ》ねそのようなことが綴《つづ》られていた。

父の猪三郎が激怒するさまが目に見えるようであるが、父のことだから直ちに忠吾を勘当し、強次に家督を相続させる手続きを取るだろうから、その点についてはなんら心配をしていない。気がかりなのは母で、心労のあまり寝こんでしまうだろうが、ひ弱なだけに心配でならない、勝手な頼みではあるがどうかよろしく頼むとあった。

さらに、喜美恵には気の毒ではあるが、悪いのは自分勝手な忠吾なので、周囲からはむしろ同情されるだろう。たいへんな悲しみを与えてしまったが、しっかりした娘だとのことなので、早く立ち直ってくれると信じている。そして、自分などとはちがって、喜美恵にふさわしいしっかりした相手と結ばれることを期待している。

綾に関してはそっけなく、よき夫となる人が現れると信じている、とだけしか触れていなかった。

そして、当日のことについては……。

熟睡していた忠吾はお吉に起こされたとき、一瞬にしてすべてを覚《さと》った。留まるか逃げるか、そのどちらかを選ぶしかないという岐路に立たされていることを、である。

しかし、実際には選択の余地はなかったのだ。留まるためには、奥の三畳からお吉を出して、鍵を掛け直させる必要があった。ところが覚悟して鍵を開けてしまったお吉が、忠吾の説得に応じるとは考えられなかった。

忠吾が留まればその場で、逃げたとしてもつかまれば無条件に、お吉は父猪三郎に手討ちにされるのである。それがわかっていて、自分を座敷牢から救い出そうと知恵を絞ったのであった。自分のために命を捨ててもいいとまで思ってくれた女を、そのままにできるのか。いや、できはしない。忠吾は躊躇なく道行きを選んだのである。

金のことなら心配は無用だ、と忠吾は書いていた。親からもらう小遣いは、ほとんど手をつけずに蓄えていたし、仲間と酒を飲むこともなければ、悪所通いをするわけでもない。博奕などはもってのほかだ。それに自分を誘ってくれる仲間などはいない。

とあった。

ちなみに大名家の重職の長男ともなると、毎月の手当と小遣いは相当な額になる。なにかあったときに恥をかいてはならぬとの理由もあるのだろうが、「部屋住み厄介《やっかい》」と呼ばれる次三男とは桁《けた》がちがい、大袈裟に言えば大名と乞食《こじき》ほども差があった。そのため失踪前に何度か泥酔し、遊郭に泊まったというくらいでは、蚤《のみ》に喰われたほどの痛痒《つうよう》も感じはしないのである。

だから、と忠吾の手紙は続いていた。

当分は金には困らないし、一息ついたら子供たちに読み書きでも教えるつもりだから、生活も成り立つだろう。だから、金で迷惑をかけるようなことにはならないはずである。もっとも当座は住所を教えられないので、送りたくても送れないだろうが。喜美恵と一緒にならなければ父の顔をつぶすことになるし、父を困った立場に追いこむことはわかっていた。また、実の娘のように可愛がっている綾と夫婦にならねば、どれほど母を哀しませることになるかも承知している。どちらを選んでも、両親の双方を満足させることはできないので心は苦しかったが、どうしても自分の気持を裏切ることができなかったのだ。

強次よ、どうか自分勝手な兄を許してくれ。そして、両親のことをくれぐれもよろしく頼む。

手紙はそう結ばれていた。

源太夫は書簡を巻きもどすと、強次の方へと畳の上を滑らせた。そのまま、師弟は封書に目を落として沈黙を続けた。

「母にはおりを見て」ずいぶん時間が経ってから強次が言った。「兄がどこかで、静かに暮らしていることを伝えます」

「ああ、それがよいだろう」

「それにしても、だれにも相談できずに、あのような方法を選ばねばならなかった兄が不憫《ふびん》でなりません」

そこで強次は天を仰いだが、目尻から一筋、涙が流れ落ちた。

「わたしは相談してもらいたかった。そうすれば、たとえ結果はおなじようになったとしても、兄の苦しみをいくらかでも軽減できたでしょうから」

強次の言葉に偽りはないのだろうが、源太夫はどことなくしっくりこない気分を味わっていた。書簡の末尾近くにある、「どうしても自分の気持を裏切ることができなかった」という一文が、心の隅に引っかかっていた。そこに至るまではひたすらな弁明であったが、それを書き終えたところで、つい本音が出てしまったとしか思えないのである。

源太夫は、忠吾がお吉と添いたいと真剣に願っているのを、強次が暗黙のうちに了承していたという気がしてならなかった。忠吾がなぜ泥酔事件を引き起こさなければならなかったかも、強次にはわかっていたのではないだろうか。もしかすると今回の出来事は、兄弟が何度も話し合って出した結論であったのかもしれない。

藩の重職の嫡男として生まれ、藩政に関与できる立場は武士にとっては憧れである。だが、それが自分の手には余る、苦手だ、耐えられないと負担に感じる者がいても不思議ではない。

源太夫は道場主の日向主水に気楽に相談できたが、それは小禄だからで、藩の中枢にいる名門の家系ではそうもゆかないのかもしれなかった。

人との関わりが苦手な源太夫は、ひたすら剣の腕を磨き、息子の修一郎に家督を譲って四十にならぬ若さで隠居した。みつを後添えにもらい、念願だった道場を開いたが、人との関わりはますます増えたのである。しかしいつの間にか、煩わしかった人間関係が苦にならなくなっていた。

忠吾は若さもあって思い詰めたのかもしれないが、実際に中枢に登り詰めて政務をこなせば、能吏として力を発揮できたかもしれない。だが、いまさらそんなことを言っても無意味だろう。忠吾は自分で道を選んだのである。

それに関してとやかく言うつもりは源太夫にはないが、もしも忠吾が打ち明けてくれていたら、相談してくれていたらとの思いは、寂しさとともに心の底に残った。

八

「先生のおっしゃるとおりだと思います」源太夫が何日かかってもいいからよく考え

るようにと言った日の翌日、道場に現れた銕之丞は、前日とは別人のようにすがすがしい顔でそう言った。「墓参にはお供させてください」

源太夫は黙ってうなずいたが、なぜならその顔を見ればなにも言う必要がないことがわかったからだ。二つに分かれる道をまえに、銕之丞は自分で考え抜いて選んだのである。箍《は》がしっかりと嵌まった銕之丞は、両脚で地に立っていると感じられた。

とは言うものの、墓参の当日はさすがに緊張しているのがわかった。むりもない。自分といっしょになってくれと訴えることは、大恩のある育ての親を裏切るかと、喉元に懐剣を突きつけることにも等しかったからである。

そのとき、民恵がどう答えるかはわからない。銕之丞の心の片隅には、貧乏侍の妻になる気はないのかもしれないという疑懼《ぎく》が、消えることなく蟠《わだかま》っていたはずである。

彦蔵の墓参をすませると、源太夫は銕之丞に言った。

「わしは徹宗和尚と話があるので、おまえは半刻ばかり、庭でも散歩させてもらったらどうだ」

そこまではかつてとおなじであったが、源太夫は次のように付け足した。

「伝えたいことはちゃんと伝えて、悔いの残らぬようにするのだぞ」

「はい」

鉄之丞の迷いの感じられない声に安心して、源太夫はおおきくうなずいた。

徹宗和尚には、経をあげてもらった礼を述べ、呼吸法についてもうすこしお教えいただきたいと持ちかけた。以前雑談したおり、呼吸法によって急激に精神的な集中力を高めると同時に、解放感を得られるようにできると聞いていたからである。一度の呼気、そして吸気の量を非常におおきくすることで、体の安定性が保てるとのことであった。当然、心と体には密接な関わりがあるので、体の安定は心の安定につながり、その逆の関係も成り立つわけである。

武芸に役立つことなら、源太夫はどんなことでも貪欲に採り入れた。軍鶏の闘いぶりから秘剣を編み出したし、武尾福太郎の「梟《ふくろう》の目」に対抗するため、闇夜でも見えるように鍛錬した。

呼吸法によって心や体の集中力を高め、同時に解放感も得られるとすれば、それが武芸に活かせぬはずがない。いや、それこそが武芸の基本だと感じたからであった。

相手が真剣に耳を傾ければ、それだけ話にも熱が入るのだろう。徹宗が宗教家だけでなく、謡曲や尺八における呼吸法などを例にあげながら、具体的に説明してくれたこともあって、源太夫は得るところが多かったのである。

しかし、ひととおりの話が終わると、徹宗がさりげなく言った。

「なにか気がかりなことでもおありかな、心ここになしとお見受けいたしましたが」

「これはおそれいります。岩倉源太夫、まだまだ未熟でございます」

源太夫が苦笑しながら頭をかいていると、鉄之丞が高揚した顔で庭さきにやって来た。二人は和尚にあいさつをして、丈谷寺を辞した。


普段なら五ツ（午前八時）には道場に姿を見せ、一刻半（約三時間）ほど汗を流すと、一度組屋敷にもどり、八ツ（午後二時）からは年少組の稽古を見るのが、非番の日の鉄之丞の日課である。槍組は四日務めと言って、特別な事情がない限り、交替で四日に一日の割で役所に詰めればよい。

墓参の日の翌日は非番であったが、四ツ（午前十時）になっても鉄之丞は姿を見せなかった。ところが四ツを四半刻（約三十分）も過ぎてから、稽古着に着替えもせずに、見所に坐って門弟たちを見ていた源太夫のそばにやって来た。そして小声で、次のように伝えたのである。

「蛇ヶ谷村の作蔵どのがお目にかかりたいとのことですので、母屋に通っていただきました」

「相わかった」

鋏之丞も同席すると思っていたが、着替え室に向かったので、源太夫はゆっくりと母屋へと歩いた。鋏之丞が冷静であったので、心配はしていなかったが、多少とも事情を聞いておくべきだったと思った。

表座敷の下座に畏《かしこ》まった作蔵にあいさつすると、相手も鄭重《ていちょう》にあいさつを返し、突然の訪問を詫びた。

「実は不躾《ぶしつけ》ではございますが、お願いとご相談がございまして」

作蔵はそう言うと、お子さまがいらっしゃるとうかがいましたのでと、饅頭の折箱を差し出した。宝町《たからまち》の老舗《しにせ》の包み紙で、源太夫も店の名だけは知っていた。

茶を運んできたみつは土産《みやげ》の礼を述べたが、事情がわからないのであいさつだけでさがった。

羽織を着用した作蔵は土地の訛《なまり》はあったものの、言葉がちゃんとしているのは、短いあいさつを聞いただけでわかった。村の世話役だということであったが、それなりの教育を受けているだろうことが推測できた。

作蔵は、命の恩人である田村彦十とすえ夫妻が相次いで病死したため、民恵を引き取るに至った経緯を語った。そして民恵が義理の弟妹の面倒をよく見てくれるし、親の手伝いも進んで引き受けてくれるので、助かっていることなども話した。

それらは源太夫が徹宗和尚を通じて得たこととほとんど変わらなかったが、かれは相鎚《あいづち》を打ちながら黙って聞いた。

「義理とは申せ娘ですので自慢するのは憚《はばか》られますが、民恵は素直な気性で、弟妹にもやさしくて面倒見がよく、わたくしどもにも孝行してくれます」

これに関しては、実の親の躾《しつけ》に感謝しているが、陰日向《かげひなた》のない思いやりのある娘に育ったので、十六歳を迎えた今年になると、嫁にもらいたいとの話が相次いで持ちこまれるようになったのだという。

「それとなく縁談の話をもちかけますと、二十歳になるまでは傍に置いてもらいたいと申すのでございます。幼い弟妹に手がかからなくなるまで、せめて自分に世話をさせてほしいとのことでして。民恵は素直な娘なのですが、この件に関しましては一歩も譲ろうとしません。そのかわり、二十歳になったら親の、つまりわたくしの勧める人に嫁入《じ》りしますからとのことでございました」

むり強いできることでもないし、民恵としてはせめてもの恩返しだと考えているのだろうと、以後はその手の話は娘の耳に届かないように、留意してきたと作蔵は言った。ところが、み月ほどまえから、民恵は一人でいるときに物思いに沈むようになったのである。

「み月まえと申すと、みどもは狭間鋏之丞を伴って丈谷寺に墓参しましたが、そのことに関係がありそうですな」

「さようでございます。もっとも、それがわかったのは昨日でした」

「……？」

「順を追ってお話しいたします」

民恵は物思いに沈むだけでなく、寂しそうな顔をするようになったのである。作蔵の女房は真砂《まさ》というが、真砂は若い娘にはありがちなことだから、心配することはないと楽天的であった。

しかし作蔵は気がかりでならなかった。寂しそうな顔をしていても、作蔵や真砂に見られているとわかると、民恵はたちまちいつもの笑顔になる。かれにはそれが、むりをしているからだとしか映らない。悩みがあっても打ち明けられないで、一人で苦しんでいるのではないだろうかと思えてならないのである。

引き取ってくれた作蔵たちに恩義を感じているのだろうが、そんな負担を与えているとしたら心外であった。かれとしては、本当の親だと思って甘えてほしいし、わがままを言ってもらいたいのである。

「それが昨夜のことでございます、弟と妹を寝かしつけた民恵が、改まった表情で」

ぜひとも聞いていただきたいことがございますと、作蔵と真砂に言ったのである。

作蔵は民恵に、丈谷寺の住持に届け物をさせたが、そこで偶然、十歳で組屋敷を出てから六年ぶりに、狭間銕之丞に出会ったのであった。

秘《ひそ》かに慕っていた銕之丞との再会で、民恵はすっかり動揺してしまい、言葉を交わすこともできずに、逃げるように帰って来た。そして、そのことをひどく後悔し、自分を責めたのである。

あるいはもう二度と逢えぬかもしれぬと諦めていたのだが、思い切って丈谷寺の徹宗和尚に訊ねたところ、源太夫と銕之丞が立川彦蔵の命日には必ず墓参に来ると教えられたのであった。

その日のその時刻に丈谷寺に行くと、本当に銕之丞がいた。そして、それとなく気持を訊かれたことで、民恵は苦しまなければならなくなった。なぜなら、二十歳までは置いてもらいたいが、そのあとは義理の親、つまり作蔵の勧める相手に嫁ぐと約束していたからである。

そして前日、寺で銕之丞と逢うと、駆け落ちしてでもいっしょになりたいと打ち明けられたのであった。民恵はうれしかったが、両親との約束があったし、作蔵たちがすでに相手を決めていることも考えられた。だから正直に訴えるしかないと考えたのだと言う。

「命の恩人の娘さんを、たまたま養女にしましたが、なにより願っているのはその幸せでございます。ただ、わたくしは、わずか六年ではありますが親代わりをつとめました。ですから、相手が娘を託せる相手かどうか確かめたかったのです」

鋏之丞とじっくりと話し合ったのだが、本人に逢って安心しましたと作蔵は言った。

「わたくしは思うのでございますが」と作蔵は言った。「民恵は幼い弟妹のことを考えて、二十歳までわたくしどものところに居たいと申しておりますが、いかがでございましょう、岩倉さま」

作蔵は三十五歳で真砂は三十歳、民恵が気にするほどの齢ではない。それに民恵を養女にしなければ、当然のように夫婦で三人の子を育てるのである。鋏之丞は二十一歳で民恵は十六歳、なにも娘が二十歳になるまで待つことはないのではないか、と作蔵は言った。

「若い二人が好きあっており、作蔵どのと真砂どのに異存がないのであれば、拙者も待つことはないと思います」

「銕之丞どのは母親との二人暮らしで、親類もそう多くはないとのことでございます。民恵のほうも似たようなものでありますれば、残るは仲人《なこうど》でございますが、いかがでございましょう。岩倉さまにお願いできないでしょうか」

「わかり申した。これもなにかの縁でしょうからな、と快諾したきところではあるが」

「なにか障《さわ》りがございますか」

「わが道場の弟子たちには独り身が多い。銕之丞の仲人をすれば、次の者も頼みに来るやもしれん。来れば断ることができぬ道理だ」

「さようでございますが」

「なかにはよき仲人がありながら、師匠であるわしの顔をつぶすことがあってはならぬと、むりに話を持って来る者も居よう。しかも、年少組もやがて年頃になるし、次々と新しい弟子が入門する」

「さようでございますな」

「ゆえに引き受けられん」

「と申されても」

「困るであろうな。だが、心配は無用だ。わし以上の適任者がおる。その男に頼むとしよう」

その男とは、大納戸《おおなんど》奉行の須走《すばしり》兵馬《ひょうま》であった。藩きっての小男戸崎喬之進と、大女の多恵《たえ》を一緒にさせて、藩中を唖然とさせた、仲人が趣味のような男である。

喬之進が酒井洋之介から果たし合いを挑まれたとき、源太夫は兵馬に頼まれて立会人を引き受けた。よもや断りはしないだろう。

「ぜひとも岩倉さまにと思っておりましたが、そのような事情でしたら」

「それでよろしいか。さすれば、権助」

下男が庭さきに現れたので、源太夫は道場に行って銕之丞にすぐ来るようにと命じた。

「銕之丞」弟子が姿を見せるなり、源太夫は言った。「おまえも来年は二十二だ。そして民恵さんは十七。そろそろいっしょになってもいい年頃だと思う」

「しかし、民恵さんは、お父上の意に適った人の嫁になると、約束したそうでございます」

「はい、確かに約しました」

作蔵は銕之丞の目を真正面から見ながら、静かに言った。

「もうお決まりでしょうか」

「決まっております」

鋏之丞の顔が強張るのがわかった。

「民恵の夫としてふさわしいのは」と言葉を切り、作蔵は真剣な顔で続けた。「たった、お一人でございます」

鋏之丞が息を呑み、ややあって、

「そのお方は」

「狭間鋏之丞さまです」

「案ずるより産むがやすし、とはこのことだな」茶を喫しながら、源太夫はみつに話しかけた。「わしが気を揉んだことは、まるで意味のないことであったのか」

みつが手の甲を口元に当てた。

「なにがおかしい」

「いえ、おまえさまがお弟子さんにおっしゃっていたことを、思い出したのでございますよ。それも、繰り返しおっしゃっていることですので」

「…………」

「稽古は息をするようでなければならん、といつもおっしゃっておられます」

「ああ」

「吸ったら吐け、吐いたら吸え。吸ってばかりでも、吐いてばかりでも続けられん。稽古もおなじだ、常に全力を注いでいては身がもたぬ。力を入れるところでは入れ、抜くところでは抜く。要は要領だ。入れっぱなしでも、抜きっぱなしでもいかん。入れるところで抜き、抜くところで入れるはもってのほか」

「たしかにそのとおりだな。わしは力を入れっぱなしであったか」

「でも、ようございました。結果よければすべてよし、と申します」

人はなにかを契機に、思いもかけぬ変貌を遂げることがある。役に就く、あるいは妻を娶る、子を得る、かけがえのない人を亡くす、実にさまざまなきっかけで、飛躍もするし蹉跌《つまずき》もある。

鉄之丞がどうなるかはわからない。本人次第だが、民恵と添えることで気が充《み》ちているのが感じられた。

民恵は元槍組の田村彦十の子だとはいえ、現在は百姓作蔵の娘である。一度、源太夫の養女としてから、狭間鉄之丞に嫁がせるようにすべきだろう。もっともそれは、あまりにも瑣末《さまつ》なことであったが。

青《あお》田《た》風《かぜ》

一

江戸勤番《きんばん》になった園瀬藩士の伏水万次郎《ふしみずまんじろう》は、それを機に関口流抜刀術《せきぐちりゅういあい》の流れを汲む下谷《したや》の藤崎《ふじさき》道場に入門した。

「武士は文武両道たるべし」を標榜《ひょうぼう》する関口流だが、万次郎はそれに共鳴して選んだというわけではなかった。この流派の特徴の一つに、刀を振り下ろすとき前後の足を踏み違え激しい斬撃をなす、「飛び違い斬り」がある。掛声は敵を圧倒するごとくかけるのだが、それにたまらない魅力を感じたのであった。抜刀術と書いて「いあい」と読ませるこだわりにも、である。

稽古熱心ではあるものの、思ったほど万次郎の腕があがらないのは、あるいはそのような俗っぽさ、志の低さのためかもしれない。

しかもこの男は負けず嫌いで、困ったことにやたらと自慢したがる癖《へき》があった。

道場には旗本や御家人だけでなく、各藩の藩士たちも通う。稽古で顔なじみになった弟子たちが帰りに縄暖簾《なわのれん》を潜《くぐ》ることがあるが、飲んでいるうちになにかが話題になると、万次郎はきっかけを見つけては口を挟もうとするのである。

だれにも生まれ育った土地に愛着はあるだろうが、故郷にいるあいだはさほど意識しない。比較するものもなければ、その必要もないからだ。ところが江戸勤番になると、自然に郷土愛に目覚めてしまう。伏水万次郎の場合は特にその傾向が強く、名物や祭り、食べ物などが話題になると、たちまち「園瀬にはな」と身を乗り出すのであった。

その日は剣の遣い手が話題になったが、となると万次郎が黙っていられるわけがない。

「園瀬にはな、岩倉源太夫という天下無双の剣士がおるぞ」

「やれやれ、またしても伏水の園瀬自慢が始まったわい」

だれかが、いかにも小馬鹿にしたような笑い声を発した。

「知らぬから笑えるのだ」

「井の中の蛙《かわず》大海を知らず、という。田舎《いなか》の天狗《てんぐ》も江戸では通用せん」

江戸の番町《ばんちょう》に道場を構えていた大谷馬之介を源太夫が倒したことを、万次郎が知っておれば自慢しただろうし、相手もいくらか見直したかもしれない。番町の大谷馬之介と言えば、多少なりとも剣に心得がある者なら、知らぬはずがないからである。

だが、残念ながら万次郎は知らなかった。いや万次郎だけでなく、園瀬の里でも知っている者はほとんどいない。

知っているのは源太夫の二人の門弟と、馬之介の弟で園瀬に道場を開いていた大谷内蔵助、同じく道場主の原満津四郎の四人だけであった。内蔵助と満津四郎は馬之介が倒された直後に、園瀬から姿を晦《くら》ましたし、源太夫の弟子は口外しないので、伏水万次郎が知るわけがないのである。

江戸では通用しないと軽くあしらわれ、万次郎はいささかムッとなった。

「軍鶏の鶏合わせから、秘剣蹴殺《けころ》しを編《あ》み出した男だ」

「蹴殺し？　だれぞ知っておるか」

「いや、初耳だな」

万次郎がすぐにカッとなることを知ってのからかいではなく、どうやら本当に知らぬらしい。万次郎はむきになって蹴殺しがいかに凄まじい必殺剣であるかを説《と》いたが、かれ自身が見たことのない技をいくら力説しても、聞き手を納得させられるわけがなかった。

「ともかく、敵手《あいて》の力を利用して、一撃、それもたったの一撃で倒してしまうのだ。秘剣　梟《ふくろう》の目を工夫した武尾福太郎、こやつは暗闇でも見えるよう鍛錬を積んだ遣い手でな、払暁《ふつぎょう》七ツ半（午前五時）に対決したが、ものともしなかったぞ」

「武尾福太郎？　聞いたこともない名だな。その男も園瀬藩の者か」

訊かれた万次郎は、言葉に詰まってしまった。

「浪人とのことだ。もっとも、本名ではないのかもしれん」

「真剣勝負を挑む武士が偽名を？　考えられんな」

「そ、それは、よほどの事情があったのだろう」

すっかりへこまされた万次郎だが、自慢癖と負けず嫌いが同居した性格だけに、ますますむきになってしまった。そこで、藩随一の遣い手である立川彦蔵との対決で、満身創痍《まんしんそうい》になりながら討ち果たし、藩主九頭目隆頼から太刀を一振り賜《たまわ》ったと言ったが、そのころにはだれもがにやにやと笑いを浮かべていた。

「満身創痍？　蹴殺しは一撃で倒すのではないのか、敵手の力を利用して」

「立川彦蔵に対しては、蹴殺しは用いなかったのだ」

「必殺剣を用いぬ？　なぜ」

「立川の妻女を後妻としていた岩倉どのは、遣いたくなかったのであろう」

「なんだ、痴話《ちわ》喧嘩のもつれか」

一人が鼻先であしらうと、別のだれかがおおきくうなずいた。

「藩随一か知らんが、双方が満身創痍になったのだろう。ということは、田舎の腕自慢でさえ簡単には倒せなんだということだ。所詮、それだけの腕ということではないか」

万次郎はただ自慢したいだけなので、話の手順を考えずに喋ってしまう。そのため簡単に揚げ足を取られるし、矛盾を衝かれるのであった。

「まてまてまて、まってくれ」酒は強くないのに好きな万次郎は、すでに茹《う》でダコのように真っ赤になっていた。「秋山精十郎どのの名を聞いたことはないか。三千五百石の大身《たいしん》旗本秋山勢右衛門さま、現当主ではなくて先《せん》の勢右衛門さまの御三男の、精十郎どのを」

「秋山精十郎。……秋山、精十郎」

一人が顎をかきながら、しきりと記憶を呼び覚まそうと天井を見上げていたが、ようやく思い出したらしい。

「おお、長身の、一刀流を遣う」

「その秋山精十郎だ」

「そういえば、しばらく見かけんな」

「精十郎を倒したのが、当の岩倉源太夫どのだ」

「ほほう、そうだったのか。だがその程度では、当代切っての剣士とは申せまい」

「そうだな、十指にも入りはしないぞ。であればわが藩の……」

と、たちまち話題は移り、それっきり万次郎は、憮然として聞き手にまわるしかなかった。

ところが、秋山精十郎の名を聞いて顔つきが急変した若侍がいた。名を久保田繁太郎《くぼたしげたろう》といったが、無口で控えめな性格ということもあり、さらには攻めよりも守りに重きをおく戦法のためもあって、ほとんど目立つことがない若者である。

その久保田繁太郎が伏水万次郎に声をかけたのは、縄暖簾で飲んだ日から五日後である。

「伏水どのは明日の夜、なにか予定がありますか」

なぜ話しかけられたのかわからない万次郎は、怪訝な表情になった。

「いや、別に。……とくに、これといって。いまのところは」

「それはよかった」

繁太郎は笑顔になったが、万次郎に予定がないことは調べていたのである。

「実は、秋山精十郎を岩倉源太夫どのが討ち果たしたときのことを、教えてもらいたいという者がおりまして。……いや、ごぞんじのことだけを、それも雑談としてお話しいただければとのことです」

「………」

「つきましては、失礼かもしれませんが一席設けたいと。ま、酒の席でお気楽にということですが」

「知っておることを、気楽にということであれば」

「お受けいただけますか、ありがたい。恩に着ます。これでわたしも顔をつぶさずにすみます。では、明日の稽古のあとでごいっしょいたしましょう」

繁太郎の言葉は、万次郎の自尊心を十分に満足させるものであった。だがそれよりもかれが心を動かしたのは、酒の席で、気楽に、雑談として、岩倉源太夫の自慢話ができるという点である。

軽い気持で応じた万次郎だが、相手がなにを考えているのかとか、それによっておくの人が困った状況に巻きこまれるかもしれないということなどは、まるで頓着《とんちやく》していなかった。

平静をたもつためには相当な努力をしなければならなかったが、それほど伏水万次郎は度肝を抜かれていた。門から玄関までの距離、女将《おかみ》の言葉遣い、すべての部屋に灯《あか》りが入って客がいるはずなのに、建物全体が静かなこと、廊下の隅などにさりげなく置かれた高価そうな壺《つぼ》など、とてもではないが、田舎の小藩の下級藩士が手銭《てせん》で飲めるような店ではなかった。

固辞したのに上座に据えられたこともあって、万次郎はすっかり冷静さを失っていた。紹介された相手は四十年輩の落ち着きのある武士で、久保田多門《たもん》と名乗った。ゆえあって今は名を明かすことができないが、さる旗本の家来だという。いかに迂闊《うかつ》だとはいえ、武士の姓が繁太郎とおなじであることに、万次郎は気付くべきであった。

多門は旗本秋山勢右衛門の側用人で、だからこそ主人の名を明かせなかったのである。

飲み会で偶然にも精十郎と、それを倒した岩倉源太夫の名を耳にして、繁太郎は屋敷に帰るなり父に報告した。しかし、万次郎が仲間に肝腎な部分を話さなかったため、というより仲間に遮《さえぎ》られて満足に喋れなかったために、多門の知りたいことはほとんど含まれていなかった。

「ご足労かたじけのうござる。それに道場では倅《せがれ》がいつもお世話になっておるそうで、改めてお礼申しあげる」

そこではじめて、万次郎は多門が繁太郎の父だと気付いたのである。

すぐに酒肴が運ばれ、勧められて飲むうちに、万次郎の口は自然になめらかになった。道場の相弟子の父親に、郷士の誇る剣士岩倉源太夫について語ればいいのである。万次郎はかれが知る限りのことを、噂や自身の想像もまじえてたっぷりと語ってしまった。

多門は聞き上手で、「ほほう、なるほど」とか「それはすごい」などと、絶妙の間で相鎚を打つし、「それはまた、どういうことで」などと巧みに水を向ける。自慢癖のある万次郎にとって、多門ほどありがたい聞き手はいなかっただろう。

二

目を閉じて脇息《きょうそく》にもたれた秋山勢右衛門は、長いあいだ音を立てて扇を開閉していた。末弟である精十郎が、園瀬藩で死去し、当地の寺に埋葬されたことは、岩倉源太夫からの書簡で知らされている。それから、早くも五年の月日が流れていた。

内容は次のようなものであった。

秋山精十郎どのは園瀬藩において不慮《ふりょ》の死を遂げられたが、江戸まで搬送することもならず、岩倉家の菩提《ぼだい》寺《じ》である寺町の飛邑寺《ひゆうじ》に埋葬したのでお報せする。それだけが簡潔に認《したた》められていたが、死に至る事情や死因には触れられていなかった。

しかし勢右衛門は墓参りに行くどころか、返信さえしなかったのである。現実問題として、書院番が南国園瀬への往復をするにはむりがあったが、代理で弟を墓参に遣わすことはできたはずであった。だが勢右衛門は黙殺したのである。

精十郎は、父の先代勢右衛門が下女に産ませた、ひとまわりも年下の弟であった。しかも父は、四十二歳で授かったこの三男を溺愛し、秋山家とさほどちがわぬ格の旗本の婿養子にしようと、必死になって画策したのである。

顔にこそ出さなかったが、勢右衛門にとってそれが愉快なわけがない。父勢右衛門が亡くなると、かれとすぐ下の弟は精十郎を徹底して無視したが、すると当然のように妻子や家士だけでなく、使用人も勢右衛門に従った。

精十郎は剣の腕が立ったので、道場を開いてやることはできただろうし、秋山家の当主が熱心に働きかければ、どこかの大名家で剣術師範として採用された可能性もある。しかし勢右衛門にそんな気はまるでなく、まとまりかけていた婿養子の話もそのままにしたので、そちらも立ち消えになってしまった。

精十郎は家に寄りつかなくなり、いつの間にか消息不明になっていたのである。おそらくは用心棒などをして糊口《ここう》をしのいだのだろうが、その結果、腕を見こまれて刺客を請け負うようになったと思われた。

園瀬藩筆頭家老稲川八郎兵衛《いながわはちろべえ》に刺客として雇われた精十郎は、反家老派の中老新野《あらたの》平左衛門《へいざえもん》の密書を、江戸の側用人的場彦之丞《まとばひこのじょう》に届ける岩倉源太夫と対決した。そして江戸の同じ道場で学んだ、かつての親友に斬殺されたのであった。

なにが不慮の死を遂げられただ、と勢右衛門は心の裡《うち》で吐き捨てた。精十郎は政争に利用され、そのために殺されたのではないか。弟のことなど満足に考えたこともないのに、勢右衛門の胸には怒りが沸々と湧きあがっていた。

ひときわ大きく扇の音をさせると、勢右衛門は目を開けて久保田多門を見た。

「あの女、園《その》とゆうたかのう」

「…………あ、ああ。精十郎さまの」

「女だてらに道場に通っておるという」

「はい、園でございます」

「教えてやるがよかろう。父親の消息を知りたがっておったのだからな」

書院番の勢右衛門は、大柄だが引き締まった体をしており、精悍《せいかん》な面構えのためもあって、五十七歳という年齢よりも五歳は若く見えた。

「ですが、二度とかかわりは持たぬということに」

「証拠の品を持っておったのだ。精十郎の娘でないとは言いきれん」

勢右衛門さまにお目にかかりたいと、まだ若い女が秋山家にやって来たのは、三年前のことであった。玄関ではなく、出入りの者が使う狭い脇玄関に来たということは、一応のしきたりは知っているのだろう。

武家においては、突然の来訪者を当主に会わせることはしない。応対に出た若い家士は断ったが、相手は断固として応じなかった。ところが名前や用向きを訊ねても、本人でなければと、頑として動じないのである。

若侍はほとほと困ってしまった。なぜなら、武家の娘ではないが、毅然《きぜん》としており、身なりや言葉にも、非の打ちどころがなかったからである。

それだけでない、まずお目にかかることのできぬほどの美人であった。なによりも柳眉《りゅうび》と切れ長の目に特徴があり、その目に正面から見詰められると、息苦しくなるほどである。自分の手には負えないと感じた若侍は、しばし待つようにと言い置いて、側用人の久保田多門に相談した。

そこは交渉になれた側用人である。多門は脇玄関横の小部屋に若い女を導き、ひととおり話を聞いた上で、あらかじめ決められた場合のほかは、いかなる相手であっても殿さまがお会いすることはないこと。必要とあらば取り次ぐが、どのような場合でも、話は側用人である自分が承ることになっていると説明した。

若い女は澄み切った目でじっと多門を見詰めていたが、やがて納得したらしく、湯《ゆ》島《しま》で宿屋「吉祥《きっしょう》」を営む勝五郎《かつごろう》の娘で園だと名乗った。それからしばらくは、多門と自分の中間辺りの畳に目を落としていたが、ようよう決心がついたと見えて、静かに話し始めた。

「母が身罷《みまか》り、四十九日の法要も終えましたので、思いきってお話をうかがいたく参上いたしました」

「母上がお亡くなりに？　それは気の毒であるな。で、なにか」

「母がいまわの際《きわ》に、こう申したのでございます。おまえの父は、旗本秋山勢右衛門さまの御三男、精十郎さまだと」

「父上は湯島の勝五郎ではないのか」

「母は幼いわたしを連れて、勝五郎に再嫁《さいか》いたしました」

精十郎はすでに二年前、園瀬藩で命を終えていたが、多門はその事実を園に告げなかった。相手の意図が不明ゆえ、それは当然のことである。

「それで、なにが望みなのかな」

その一言に園はキッとなった。どうやら気性も相当に激しいようだわいと、心のうちで苦笑しながらも、多門はこの娘は精十郎の忘れ形見にちがいないと確信していた。

久保田家は代々、秋山家に側用人として仕えてきたが、多門は精十郎より一歳年上であった。そのためにこの三男坊は、ひとまわりちがう現当主や十歳の差がある次兄よりも、多門をずっと親しく感じるらしく、まるで本物の兄弟のように接していたのである。

父親の寵愛《ちょうあい》を受けてのびのびと育っていたあのころの精十郎は、気性が激しく負けず嫌いではあるものの、実に素直で気持の爽《さわ》やかな若者であった。目の前にいる園は、すらりとした長身である点や、切れ長の目、そしてその涼やかさが、多門の知っている若き日の精十郎そのものである。

多門は目の前の若い娘に親しみを覚えたが、旗本家の側用人にとっては、それはまた別の問題であった。

園は多門の目を正面から見据えて言った。

「まるで、強請《ゆすり》たかり扱いですね」

「いやいや、そのように取られたとしたら心外であるな。まこと言葉どおりでござるよ。どのような考えで見えたのか、それがわからぬのでな」

「それを言おうとしたら、出鼻を挫《くじ》かれ、いえ話の腰を折られたのですよ」

「これは失礼いたした。では、改めてうかがおう」

多門のおだやかな笑顔に調子が狂ったのだろう、園は一瞬言葉に詰まってから、じっと多門の目を見ながら静かに話した。

「一目でけっこうですので、父に会わせていただきたいのです」

「…………」

「それ以上は望みません。わたしは父に、自分の口から母の死を告げたいのです」

多門はうなずき、それから首を左右に振った。その時点でも、かれは精十郎がすでに死んでいることを告げる気はなかった。

「気の毒ではあるがそれはできぬ。それも二つの理由で」

「二つ、と申しますと」

「まず、そなたが当家の精十郎さま、と申しても現当主ではなくて先代勢右衛門さまの御三男であるのだが、そのお子であるというたしかな証《あかし》がない」

園と名乗った若い女は莞爾《かんじ》として笑うと、手提げ袋から袱紗《ふくさづつ》包みを取り出し、多門の前に滑らせた。そして、側用人と眼が合うと、自信たっぷりに微笑んだ。

包みを開くと印籠《いんろう》である。手に取るまでもなく、精十郎の持っていたものだとわかった。

胴には秋山家の家紋が、黒漆《くろうるし》の中に白蝶貝の薄片で象嵌《ぞうがん》されていた。紋は「真向き月」で、白い真円の中に直径で三分の二、面積で半分の黒い真円が入れられ、上部で接触している。単純な図柄だが、それだけに見紛《みまご》うはずがなかった。

「おそらく信じてもらえぬだろうから、そのときにはこれをと、母が渡してくれたものです」

「まちがいのう、精十郎さまが母上に贈り、母上がそなたに託した品であれば」

「なんと失礼な。それでは母が拾ったとか、それとも盗んだとでもおっしゃりたいのですか」

「絶対にないとは申せまい」

園は怒りに燃え立つような目で多門を睨んでいたが、急に怒りが消えると、おだやかな声で言った。

「水掛け論になりますから、そこまでにしておきましょう。ところで二つと申されましたが、もう一つは」

「お見かけ以上に、聡明なかたのようだ」

ふたたび燃えあがりそうになる怒りから目をそらし、多門は気の毒ではあるが、話さずに納得してはもらえぬからと、なるべく淡々とした口調で話した。

先代の勢右衛門が下女に産ませた精十郎は、父親が亡くなり、進められていた婿養子の話が立ち消えになったころから、悪い仲間と「飲む・打つ・買う」の三道楽に耽《ふけ》りはじめた。そのうちに乱暴を働き、方々から苦情が持ち込まれるようになった。親類からはひと思いに勘当をとの声もあったが、大身旗本だけになんとか穏便にとのことで収めたのである。

ところが、いつしか屋敷にも寄り付かなくなり、そうこうしているうちに行方《ゆくえ》が知れなくなってしまった。噂を耳にすれば急いで人を差し向けたのだが、影も形もないということが続いた。以後は噂さえ途絶えたので、あるいはどこか異郷で落命したことさえ考えられる。

もちろんそれは方便で、現当主の勢右衛門とその弟は精十郎が家に居られないように仕向け、以後はひたすら、いっさいの関わりを持たぬようにしていたのである。

「というわけでな、まことに気の毒ではあるが、期待に副《そ》うことはできぬのだ。もっとも、居場所がわかり次第報《しら》せることには吝《やぶさ》かでない。で、わかればどちらに」

「湯島の吉祥、あるいは湯島の勝五郎と訊いていただければ、わかるはずです。そこの園だと」

「湯島の吉祥、勝五郎だな。そこの園どの？　承知いたした」

「では」

一礼して立とうとする園を、多門は手で制した。

「殿にご報告するので、しばし待たれよ。できればその印籠を」

園は瞬時ためらったが、印籠を袱紗に包み直すと手許に引いた。

「申し訳ありません。父の唯一の形見ですので」

「さようか。では」

軽く会釈すると多門は部屋を出たが、もどったのは四半刻（約三十分）も経ってからである。

「印籠のことを申しあげると、殿もことのほか感慨深げであられたが、よろしく伝えるようにとのことでござった。それでは」

と、多門は園の退出をうながしたのである。

園が去ると、多門は直ちに出入りの岡っ引の丑寅《うしとら》を呼びつけ、勝五郎について調べさせた。町方は武家の事件に首を突っこむことはできないが、逆に大名や旗本が町人についての情報を得ることはよくあった。そのため、盆暮れにはそれなりの付け届けをしているのである。

園が言ったことに偽りはなく、勝五郎は湯島の宿屋「吉祥」のあるじであったが、ほかにも先妻の息子や娘、さらには妾《めかけ》などに手広く宿屋や料理屋、出合茶屋などをやらせていた。

だがそれは表向きの顔で、湯島の勝五郎と言うだけで名の通る侠客《きょうかく》でもあった。正妻とのあいだに四男三女を儲《もう》けていたが、それ以外にも何人かの妾に子供を産ませていた。

園の母の政《まさ》は根津《ねづ》で長唄《ながうた》の師匠をしていたときに精十郎と知り合ったが、園が生まれた年に先代の勢右衛門が亡くなったことで、精十郎の生活に狂いが生じたのである。下女の腹であるかれは、兄たちやその妻子、さらには家士の冷遇に耐えられなくなってしまった。そして生活も荒《すさ》み、無頼《ぶらい》の徒と交わるようになったのだ。やがて、ちょっとした行きがかりから、やくざの出入りに腕を貸して人を斬ったために、ほとぼりが冷めるまで江戸に居られなくなったのである。

少し長くなるかもしれぬからと、精十郎は政に印籠を渡して江戸を出た。だが、一年が経ち、二年が過ぎても精十郎からの便りはなく、そうこうしているうちに政が体調を崩してしまった。

しばらくは耐えたものの、長唄の師匠が続けられないので活計《たつき》にも困り、精十郎の生死も定かでなく、しかも幼子の園を抱えているのである。そこで世話する人があって、湯島の勝五郎の囲われ者になったという経緯《いきさつ》があった。

太っ腹な勝五郎は、政が病気のあいだは体を求めるようなことはしなかったが、妾宅《しょうたく》にはしょっちゅう顔を出した。気性が激しく、しかも利発な園をすっかり気に入ってしまったのである。勝五郎を父だと思っている園は甘え、ときには子供と思えぬほどの鋭い指摘で勝五郎を驚かせ、そしておもしろがらせた。

八歳になった園が剣法の道場に通いたいと願ったときも、勝五郎はその理由を問いはしなかった。同年輩の男の子と喧嘩でもして、負けたのが口惜《くや》しくてならないのだろうと思ったからである。しかし一人で入門させずに、おなじ年頃の何人かをいっしょに通わせることにした。

勝五郎はひそかに期待していたのだが、園はそれをはるかにうわまわる早さで、腕をあげていった。美人で聡明、剣の腕も立つ園は、勝五郎にとっては自慢の娘である。先妻の子供たちも、年が離れているせいもあって、父と同じようにこの腹違いの妹を可愛がった。

園が九歳になった年の真夏に、勝五郎の妻が病死した。百ヶ日の法要を終えると、勝五郎は園の母親の政を後妻に直したのである。

わずか一日で、岡っ引の丑寅はそれだけのことを調べてきた。久保田多門は、過分と思える礼金を包んで手渡した。

脇息にもたれた秋山勢右衛門は、園の父の精十郎が園瀬の里で岩倉源太夫に斬り殺されたことがわかったと、園に報せろと言っているのである。多門が躊躇したのは、園を哀しませるに忍びなかったからであった。園に若き日の精十郎を感じたかれとしては、できれば実の父は行方不明のままにしておきたかったのである。

「居どころが知れんのか」

勢右衛門の声にいらだちが含まれているので、多門はあわてて打ち消した。

「いえ」

「事情が変わったのだ、教えてやればよい。ただし」

「……?」

「父の仇《かたき》が見つかったと言ってやれ。そして、なんとしても仇を討つように唆《けしか》けろ。場合によっては助太刀してやってもよいと言うのだ」

「仇討ちとおっしゃられても、三年前にたしか……十八でしたから、二十一のまだ若い女でございますよ」

「相当に腕が立つとのことではないか。それに、剣だけが武器ではないわ。女には女の武器があろう」

「………」

「不肖《ふしょう》の弟とは申せ、勤番の田舎侍なんぞに噂を立てられるのは、がまんがならん」

またしても勢右衛門は、音を立てて扇を開閉した。見ればこめかみに青筋が浮いている。

「倅の話によりますと、伏水万次郎は自慢癖のある男で、仲間からも軽んじられ、まるで信用されていないそうでございますので」

「だが、おまえの息子の繁太郎は耳にした。わしは秋山家の名が、そんなことで人の口にのぼるのが許せんのだ。そのためには、噂の根源ともいえる、精十郎を倒した岩倉源太夫とやらを、生かしておきたくない。万が一、園が源太夫を討ち果たせば、当方としては刺客を送る手間も金も不要だ」

「としますと、刺客を差し向けることも？」

「考えぬではない」

「わかりました。すぐにも伝えるといたしましょう」

部屋を出ようとする多門を勢右衛門が呼びとめたので、振り返ると満面に笑みを浮かべていた。

「路銀の足しにと、餞別《せんべつ》に五両も包んで渡しておけ。餞別をもらえば、園瀬に出向かぬわけにはまいるまい」

笑いはどうやら、自分の思いつきに満足してのことらしかった。

三

旅の疲れも忘れて、かれらは堤防に立ちつくしていた。ただただその美しさに、心を奪われていたのである。肌を撫でる風が、うっとりするほど心地よい。北東の方向から風が渡って来ると、広大な水田の稲が風に揺れ、まるで海原の波のように感じられた。稲の葉の表面は光沢のある濃い緑をしているが、葉裏はいくぶん白く、そしてすこし青味がかかっている。

穂が出るまえの稲はまだ十分に柔らかく、風の動きによって、緑の葉表と青白い葉裏が交互にそれを見せていた。揺れが滑《なめ》らかに移動するので、まるで堤防に向けて波が次々と、際限もなく打ち寄せて来るように錯覚してしまうのである。

かれらが立っているのは、盆地を取り囲んだ馬蹄《ばてい》形の堤防の、最南端部であった。

遙《はる》か北西には、ゆるやかな斜面に家々が扇状に拡がっていた。斜面は雛壇《ひなだん》状になり、高くなるにつれて屋敷も大きくなっている。さらに西の丸、三の丸、二の丸と移り、扇の要には白亜の天守閣が聳《そび》えていた。城から東に目を転じると、寺町の白塀に囲まれた大伽藍《がらん》の、鈍色《にびいろ》の屋根が連なっていた。

そして町屋があり、下級藩士たちの組屋敷らしき同じ規模の家が並んだ一廓《いっかく》が何箇所かある。藁葺《わらぶ》きの百姓家は扇の裾に拡がり、さらには盆地のあちこちに、島嶼《とうしょ》のように点在する集落を成していた。

しかしすぐに、目は水田にもどってしまう。堤防に立って稲の葉のうねりを眺めていると、波が押し寄せるように錯覚させられるのだが、なおも見続けると、船に乗った自分が、海原を突き進んで行くような気になるのであった。

陸路二十一日の長旅の末、その翌日、難波《なにわ》からの船で三人と荷物運びの二人、つごう五人は園瀬藩の松島港《まつしまみなと》に着いた。そこから馬の背に揺られておよそ二刻（約四時間）、西へ西へと進んで、高橋《たかばし》の手前で下馬し、馬子を帰したのである。

そして徒歩《かち》で橋を渡り、番所で手続きをすませると堤防に立った。溜まっていた疲れは、いつの間にか霧消していた。

「園瀬はいい里だなあ」感に堪《た》えないというふうに、しみじみとつぶやいたのは、湯島の勝五郎である。「江戸とは比べられぬほど空気がうまい。しかもしっとりとしておる。息をしているだけで、心がおだやかになる」

「思いきって来てよかったですね、義父《おとう》さま」

「親の仇を討とうと考えておるのか」

旗本秋山家の屋敷からもどった園が、それまでの経緯を話し、園瀬への旅に出してもらいたいと訴えると、いつになく厳しい顔で勝五郎はそう言った。

「親？　園にとっては、母が亡くなった今、父上だけが親です。それに秋山精十郎という人については、顔をおぼえていないだけでなく、なに一つとして知りはしないのですから」

「であれば、なにもわざわざ行くこともあるまい。園瀬は遙か遠国《おんごく》だ。百五十里（六百キロ弱）はあろう。船にも乗らねばならん」

「園は、ち……、母の伴侶《つれあい》であった秋山精十郎という方が亡くなった土地を、この目で見たいのです。それに、岩倉源太夫という人とは、親しい道場仲間だったとのことでした。そんな二人が刃を交えなければならぬには、よほどの事情があったのだと思います。園はそれを知りたいのです」

「とすれば、場合によっては戦わねばならんこともある」

「はい」

あまりにも自然な返辞に、勝五郎は言葉を詰まらせた。ややあって、

「すこし時間をくれんか。大事な問題なのでじっくりと考えたい」

その声はいくぶん掠《かす》れぎみであった。

翌日、園は勝五郎の居室に呼ばれた。部屋には勝五郎だけでなく、「吉祥」の大番頭佐平《さへい》と二番番頭の音吉《おときち》がいた。

「坐りなさい」

勝五郎に言われて園は素直に従った。

「いろいろと考えたのだが、園も納得しておきたいであろうから、園瀬行きを許すことにした」

「ありがとうございます」

「ただし、若い娘を一人で旅に出すわけにはいかん。そこで番頭さんたちとも相談したのだが、あれこれ調整したものの、江戸を発つのは十日後になる。どう遣《や》り繰りしても、それ以上早くはできん。わたしもそれまでに、片付けておかねばならんことがあるのでな」

「すると、義父さまもごいっしょに」

「不満か」

「とんでもないです」

「わたしだけではない、音吉にも行ってもらうことにした」

音吉が静かに頭をさげた。

「留守のあいだの段取りもほぼ終わったが、道中手形の手続きとか、持って行くものの用意もある。ま、そのようなことは心配せずに、園は自分の準備だけを考えればよい。それと、あいさつをしなければならんところは、まわっておくように」

「お旗本の秋山勢右衛門さまのお屋敷にも、うかがったほうがいいでしょうか。できればわたしは、謂《いわ》れのない餞別はお返ししたいのですが」

「お武家というものは、一度出した金を受け取りはせん。それも餞別となると、なおさらだ。江戸にもどってから、土産でも持ってお礼に寄るがいいだろう。ただ、園瀬に行く旨《むね》、あいさつだけはしておきなさい」

「はい、そのようにいたします」

一礼して園は部屋を辞した。父の勝五郎と二番番頭の音吉が同道するとは意外であったが、仕事に関しては普段も大番頭の佐平が取り仕切り、勝五郎は確認をするくらいであった。

二番番頭の音吉が起用されたのは、おそらくは園の護衛のためにちがいない。この男は一見おとなしそうに見えるが、やたらと喧嘩に強いのである。その強さを知っている者は、音吉が睨んだだけでおとなしくなるが、舐めてかかった男は手ひどい火傷《やけど》を負わなければならなかった。

かれらは堤防に並んで、飽きることなく青田を渡って来る風を肌で感じ、次々と打ち寄せる波のような稲の葉の、滑らかで終わることのないうねりに心を奪われていた。

「桃源郷《とうげんきょう》とは、このようなところかもしれんな」と勝五郎がつぶやいた。「もっとも、ここから見る限りだが」

「……?」

園の視線を感じたらしく、勝五郎はちらりと娘を見た。

「人が生きておる限り、笑いがあれば嘆《なげ》きもある。でなければおもしろくはない。だが、おなじ嘆きや哀しみを味わい、涙を流すとしても、江戸のように埃《ほこり》っぽく殺風景な地よりも、ここのような土地では、心のありようもちがうだろうさ。さて、いつまでも感心していてもはじまらん。行くとするか」

湯島の勝五郎ほどになれば、各地の侠客の世話になりながら楽に旅ができただろうが、今回はそうはしなかった。一つには若い娘を伴っての旅であるからだが、勝五郎が三人だけで旅をしていると知られると、それがだれに、どのような形で伝わるかがわからなかったからである。勝五郎ほどの侠客になると、味方も多いが敵も少なくはない。

かれらは常夜灯の辻から大通りを五町（約五百五十メートル）ほど東に行った、要《かなめ》町《まち》の「東雲《しののめ》」という宿に旅装を解いた。

あるじが宿帳を持ってあいさつに現れたので、記帳して手渡すと、老眼になりかかっているのだろう、帳面を遠ざけるようにしながら、

「お客さま、はるばる江戸からでございますか」

訛《なまり》はあるものの、田舎言葉ではなかった。

「ああ、やっかいになります。気楽な遊山《ゆさん》旅なので、何日《いくにち》の逗留《とうりゅう》になるかは知れませんが」

「どうぞごゆっくりなさってください」

「それにしても園瀬はいい里だねえ。名所旧跡も多いのでしょうな」

さすがに勝五郎はなれたもので、ゆっくりとした喋りとおだやかな物腰、それらが

醸《かも》し出す貫禄《かんろく》で、宿のあるじを安心させている。

「古いものといいますと、お大師《だい》っさんの杖の森がございます」

「お大師っさんというと、弘法大師空海上人のことですかな」

「江戸のお方なのによくごぞんじで」

「ですが、杖の森というのは聞いたことがありませんが」

「土地《ここ》の者《もん》でも知らんほうが多いやもしれません。お客さまは北の番所からいらっしゃいましたか、それとも高橋の番所から」

「松島の港から、西へ真直ぐに」

「なら、高橋の番所でございますね。あの川を花房川と申しますが、ずっと溯《さかのぼ》りますと雁金村に着きます。その西には屛風のような山がありまして、一番高い山が神山《かみやま》ですが、山々の低いところにある峠を、胸八峠《むねはちとうげ》と申します。山向こうから杖を頼りに登っておいでたお大師っさんは、峠を越えて一安心されたんでしょう。杖をその辺に差して、お昼寝をなされたとのことです。目覚めたときには、思った以上に時間が経っておりましたので、杖をそのままに、園瀬の里に降りて来られました」

「なるほど、忘れたその杖が根を生やし、大木に育ったというわけですな」

などと勝五郎が言ったことがうれしかったのだろう、ほかに客もいないのか、あるじの話はきりもなく続きそうであった。

「ところでご主人、来る途中で何度も噂を聞いたのですが、当地《こちら》には凄腕の剣術遣いがいるそうですね」

さりげなく勝五郎は話題を切り替えたが、打って響くような反応があった。

「岩倉源太夫さまでしょう。腕はもちろんですが、たいした人物でございますよ」

江戸からの旅人に、地元の剣豪について問われたのである。東雲のあるじは、堰《せき》を切ったように喋り始めた。

短い期間に、園瀬の里では早くも伝説化した対決の数々、もちろんその筆頭は、政争に巻きこまれての、かつての親友秋山精十郎との死闘であった。そして立川彦蔵との対決、武尾福太郎との一瞬にして決した戦い。

「それよりもなによりも」と宿のあるじは続けた。「毎月の命日には欠かさず、三人のお墓参りをなさっておられます。秋山精十郎さんはご自分の菩提寺である飛邑寺、武尾福太郎さんはご浪人で縁者のことがわからなんだゆえ、正願寺の無縁墓、立川彦蔵さんは川向こうの丈谷寺。大雨だろうが大風だろうが、かならずお墓に参られるのでございますよ」

「できんことですな、たとえ身内であろうと」

立川彦蔵の場合は妻と間男であるかれの上司を殺害したのだが、上意討ちで彦蔵を倒した源太夫は、孤児となった市蔵を養子にしたという。

源太夫は道場を開いているのだが、弟子たちは礼儀正しさで評判とのことであった。また家族のこと、後妻のみつと源太夫が、実子の幸司と養子の市蔵をわけへだてなく育てていること。さらには家族同様の下男、権助のこと。趣味が軍鶏の飼育と釣り、そして囲碁であることなどを聞いていると、三人はいつの間にか源太夫に好感を抱かずにはいられなかった。

風呂を遣い、夕餉《ゆうげ》をすませると、さすがに長旅の疲れが出たのか、勝五郎、園、音吉の三人は泥のような眠りに就いた。

翌朝はさわやかな晴天であったが、食事をすませたかれらは、飛邑寺に向かった。秋山精十郎の墓参のためである。勝五郎は荷物運びの二人に小遣いを与えてねぎらい、夕刻まで自由にさせてやった。

飛邑寺は広大な寺町の、ほぼ中央にあった。線香、手桶と柄杓《ひしやく》、樒《しきみ》の枝などを用意してもらい、寺男に墓を教えてもらうと、相手は真ん丸に目を見開いて、硬直してしまった。

「どうされました」

「あ、ああ。いや、驚《おぶ》けてしもうて」

わけがわからずに三人が顔を見合わせると、

「この仏さん、もう五年になるかいな。軍鶏道場、いや、岩倉道場の源太夫はんは毎月お参りに見えますが、岩倉はん以外では、初めてのお墓参りやけん」

園がかすかに寂しそうな顔をした。寺男は改めてかれらを見まわして、何度も首を傾げた。

「秋山精十郎さまの知り合いの者でございますが」と勝五郎は続けた。「いつの間にか、精十郎さまの行方がわからなくなりましてな。案じておりましたところ、ついこのまえ、園瀬の里に葬られていると知りましたので」

「ほうで、ほれはまあ」

「私は江戸の湯島で宿屋を営んでおります勝五郎、こっちは番頭の音吉と申します。こちらは精十郎さまの血縁で、お園さん」

紹介されて音吉と園が頭をさげると、ようやく寺男は納得がいったようである。

「ほんなら、十分にお参りを。仏はんも喜ばれる思います」

寺男が去ったので、三人は改めてお参りをした。境内の東北隅の狭い一画に、精十郎の墓はあった。墓石といっても丸みのある自然石が置かれただけで、名も彫られていなかった。

勝五郎と音吉が終わっても、園は長い時間、合掌したままでいた。男二人は黙ってそれを見守っていた。

「せっかくだから、武尾福太郎さんとやらの墓にも、参ってあげようではないか」

寺町の北の外れにある正願寺でも、飛邑寺とおなじようなことになった。武尾は無縁墓に葬られているので、教えてもらわねばどこにあるかわからなかったからである。

正願寺には恵海和尚が在寺していたので、そこでも源太夫の人としての素晴らしさを教えられた。

「あの方は並みの剣術遣いとは、桁がちごうとりますよ。なにを目指していると思われます」

突如《とつじょ》問われても答えようがないが、恵海も別に訊ねたのではなかったようだ。

「通常の強さではなく、遙かにそれを超えてしまえば、闘わなくてもすむようになるだろう。そうなれば、無意味な殺生《せっしょう》が避けられる、とのお考えなのです」

「本心から、それができるとお考えなのでしょうか」

勝五郎の言葉に恵海は首を振った。

「おそらくむりであることは、岩倉どのが一番ごぞんじなのではあるまいか。ただ、ひとたび剣の道に進んだからは、それを目指すしかないという、ある種、諦めにも似た悟り、とでも申しますかな」言いながら和尚は立ち止まった。「はい、これが無縁墓でございます。お茶の用意をいたしますので、あとでお寄りくだされ」

「ありがとうぞんじます」

恵海が庫裡《くり》に去ると、三人は武尾が葬られた無縁墓に向かって手を合わせた。

「義父《おとう》さま」静かに手をおろした園が、墓石から勝五郎に目を移して言った。「わたしは父のお墓参りができて、本当によかったと思います。岩倉源太夫さまのこともよくわかりましたし」

「そうとも。わたしも得心がいったよ」

朝起きたときから、園は勝五郎を「義父さま」、精十郎を「父」と呼んでいた。すぐに気付いたが、勝五郎はなにも言わなかった。

「お茶をごちそうになったら、源太夫さんに会いに行こう」

勝五郎の言葉に園は深くうなずいた。

四

手拭いで体を拭き終わった柏崎数馬が、さっぱりした顔をして井戸端から道場にもどろうとすると、いれちがいに東野才二郎が手拭いを手に出て来た。二人が二間（約三・六メートル）ほどの距離ですれ違おうとしたとき、数馬の右手首だけが目にもとまらぬ速さで動き、才二郎がわずかに首を後ろに反《そ》らした。その鼻先すれすれに飛んだ玉が、軍鶏の唐丸籠を見まわっていた源太夫の足もとに転がってきた。

数馬と才二郎は眼を合わせることなく、さりげなくすれちがったが、相手の顔を見もしないで数馬がにやりとし、才二郎も同じように微笑した。それを見た源太夫もやはり笑みを浮かべた。

源太夫の足もとまで転がってきたのは、赤紫に熟した山桃の実である。園瀬の里は山桃の実の熟す季節を迎えていた。この木の実は、熟したと思うとぽろりと地上に落ちてしまう。そして実を取ろうと木に登り、太い横枝に足をかけ、さらに上の枝を折ろうとして、横枝に体重を移すと脆《もろ》くも折れてしまうことがある。

――さすが数馬だ。山桃の実とは考えおったな。

山桃の実は、径が一寸（約三センチ）の半分ほどなのに、核《さね》はかなりおおきい。ちいさな粒が集まった果肉はきわめて薄い膜状の表皮でおおわれているので、実が触れ合っただけでも皮が破れて果汁が滲《にじ》み出し、味が変わってしまう。そのため収穫したその場で食べねば、おいしさを味わうことができないのである。

表面がやわらかくてさほどの重みを持たぬ山桃の実を、潰さず、しかも精確に投げるのはそうとうな熟練を要した。

岩倉源太夫が並木の馬場で、蹴殺しの秘剣によって大谷馬之介を討ち果たしたとき、介添役の二人の弟子柏崎数馬と東野才二郎は、その技があまりにも素早くて見ることができなかった。それを可能にするため、普通人の二倍も三倍もの速さで物事を見る訓練法を、源太夫はかれらに伝授した。遠い位置からゆっくりと顔をねらって物を投げ、それをかわせるようになると次第に速くし、全力で投げても当たらなくなると、今度は距離を短くしてゆくのである。

先刻の一瞬の遣り取りからすると、二人はあれからその訓練を休まずに続け、距離と速さから判断して、相当に習熟しているにちがいなかった。

――あの分では、かなり見えるようになっておろう。果たして蹴殺しを見ることができるだろうか。二度とあの技は遣うまいと思っておったが、遣うときにはかならず見せてやると、うっかり約束してしまったからな。さて、その日は果たして来るのであろうか。

園瀬の里では、同じようにときが、そして日々が、日々の営みが積み重ねられていた。

伏水万次郎の道場仲間への自慢話は、それを聞いた久保田繁太郎が父の多門に伝え、多門が旗本の秋山勢右衛門、そして今度は勢右衛門から多門、多門から勢右衛門の三男精十郎の忘れ形見の園、さらには侠客湯島の勝五郎と、将棋倒しを起こしていた。ちょっとした自慢話が、いつの間にか思いもかけない方面にまで及んでいたことなど、万次郎は知る由もなかったのである。

そして園瀬の里の源太夫も、そのようになっているとは露《つゆ》知らずにいた。

「江戸からの客人がお見えですので、母屋にお通しいたしました。三名さまです」

見所に坐って弟子の稽古を見ていた源太夫に、弟子の一人がそう告《つ》げた。

「江戸からであるか」

心当たりはない。

江戸勤番を終えて帰郷する友人知人であれば、江戸を発《た》つおりに書簡で報せてくるが、藩士であれば弟子も江戸からの客人とは言わないだろう。だれかの紹介の場合は、当然、先んじて連絡が入るはずである。もっとも、紹介状を胸に突然やって来る来訪者がいないこともないが。

「お武家か」

「いえ」

「町人か」

「さあ」

「しっかりしろ。身装《なり》や言葉遣いで見当がつくだろう」

「お武家ではありませんし、商人や職人、お百姓とも思えません。六十年輩と三十前後の男衆《おとこし》、それに二十歳くらいの娘という、見当もつかない三人連れです」

「わかった」源太夫はそう言うと立ちあがった。「これ以上待たせては、客人に対して失礼である」

表座敷には確かに三人の人物が坐っていた。老人と中年の男が若い女を挟んでいたが、源太夫の気配を感じたらしく、三人は頭《こうべ》を垂れたままであった。たしかに武家ではないものの、町人だとしても堅気《かたぎ》の雰囲気ではなかった。

腰をおろして源太夫が名乗ると、三人がゆっくりと面をあげた。若い女の顔を見た源太夫は思わず腰を浮かしかけたが、たいていのことには動じないかれとしては、まずあり得ないことであった。それだけではない。

「まさか！　……いや、そのようなわけがない」

と口走ったのである。源太夫の驚きようは尋常ではなかったが、それ以上に驚いたのが客人たちであった。年輩の男が多少の不安を浮かべながら、控え目に訊いた。

「もし失礼がありましたらお詫びいたしますが、わたくしどもがなにか」

「いや、失礼いたした。驚かせたであろう、許されよ」

「とんでもないことでございます。……あいさつが遅れまして申しわけもございません。わたくしは江戸の湯島で吉祥という宿を営む勝五郎と申します」と言って勝五郎は音吉を示した。「それから、そのものは番頭の音吉でございます。間に挟まったのが」

「勝五郎の娘で園と申します。どうかよろしくお願いいたします」

「園どの、と申されるか」

「はい」

「ところで岩倉さま、おうかがいいたしたいのでございますが、さきほど、そのようなわけがないとおっしゃられました」

冷静さを取りもどした源太夫は、照れくさそうに笑った。

「武士ともあろうものが恥ずかしいかぎりだが、正直、生涯でこれほど驚いたことはなかったな」

「と申されますと」

源太夫は一瞬ためらったが、ちらりと園を見、それから勝五郎に目をもどした。

「園どのが江戸の古い知己《ちき》に瓜《うり》二つなので、その御仁の娘御だと勘ちがいしたのでござる」

「勘ちがい、と申されますと」

「わが友は妻帯しておらなんだし、今うかがったところでは、園どのはそのほうの御息女とのこと。知人に娘がいるわけがないので、拙者の勘ちがいではあるが、ふむ、それにしてもな」

「いえ、岩倉さま、一概に勘ちがい、思いちがいと決めつけるべきではないやも知れません」

「……？」

「園はわたくしめの娘ではございますが、血のつながりのない、後妻の連れ子でございます」

源太夫は考えを集中させでもするように、目を細めた。

「岩倉さま、もしも差し支《つか》えないようでしたら、江戸の古いお知り合いについてお話しいただけないでしょうか」

源太夫は勝五郎を凝視し、園を見、勝五郎に目をもどした。しかし長いあいだ、黙したままであった。やがて源太夫がおおきくうなずくと、勝五郎と園、そして音吉の三人は、詰めていた息を安堵とともに吐き出した。

源太夫は三人にことわりを入れると下男の権助を呼び、江戸の客人と話があるので、道場のことは数馬と才二郎の二人で仕切るようにと伝えさせた。

「二十五年以上もまえになり申すが、江戸詰を命じられたそれがしは一刀流の椿《つばき》道場に入門しましてな。あのころは、ただ一途に剣の腕をあげたいとだけ思うておったが、おかげで順調に席順をあげることができた。ところがみどもと抜きつ抜かれつという、手強《てごわ》い相手が現れてな」

それが三千五百石取りの大身旗本、秋山勢右衛門の三男精十郎である。もっとも勢右衛門は長男に家督をゆずって、隠居の身となっていた。

精十郎は青竹のように伸び伸びと育った、さわやかで気性のさっぱりした若者であった。この旗本の三男坊精十郎と田舎侍の源太夫は、周囲がふしぎがるほど馬が合ったが、あるいは縁とか相性というものは、そのようなものかもしれない。

「みどもは軍鶏侍と呼ばれておるが、軍鶏をぞんじておるか」

「軍鶏と申しますと、喧嘩鶏《けんかどり》とも呼ばれております、あの軍鶏でしょうか」

「さよう。秋山家の屋敷に招かれたのだが、精十郎どのの父上勢右衛門さまが、軍鶏を飼っておられた」

鶏合わせ（闘鶏《とりこ》）を見せてもらった源太夫は、たちまちにして、軍鶏の美しさと闘いぶりの見事さに虜となってしまった。とりわけかれが目を瞠《みは》ったのは、イカズチと呼ばれた、珍しく白毛の多い軍鶏の闘いぶりである

イカズチはたった一撃で敵手を倒すのだが、最初は源太夫にはなぜ倒せるのか、どのようにして倒すのかが、まるでわからなかった。ところがなんども見ていると、次第に見えるようになり、五度目でようやく見定めることができたのである。イカズチは敵手の力を利用して倍にして返すため、一撃で倒せるのであった。

源太夫は精十郎の協力を得、繰り返し試みた末に蹴殺しを編み出したが、それは園瀬に帰る直前の出来事である。その後は書簡の遣り取りをしていたが、二十五歳を過ぎたころから連絡が途絶えてしまった。精十郎から来ないだけでなく、何度出しても梨の礫《つぶて》で、以後は消息が不明となったのである。

「あとでわかったことであるが、精十郎どのは勢右衛門さまが下女に産ませた子でな。腹違いの長兄とは十二歳、次兄とは十歳も齢が離れておった。勢右衛門さまは四十二歳で生まれた精十郎どのを、溺愛されたそうだが、精十郎どのが二十五歳のときに亡くなられたのだ」

後ろ盾をなくした精十郎は、二人の兄に疎《うと》まれたため、家に寄りつかなくなってしまったのだろう。書簡が途絶えたのはそのためである。ところが五年まえの春、およそ十五年ぶりに精十郎が岩倉家にやってきた。

昔日の面影《おもかげ》は残っていたものの、心身ともに荒《すさ》みが濃かった。

若き日の友は、園瀬藩の筆頭家老に刺客として雇われていたのである。中老から江戸の側用人への密書を届ける使者を斬る、それが雇われた理由で、その使者が源太夫であった。

皮肉な運命《さだめ》で、かつての親友同士は対決せざるを得ず、源太夫は精十郎を討ち果たした。

「今にして思えばであるが、精十郎どのは死に場所を求めて園瀬にやって来たのではないかと、そんな気がしてならぬ」

「それはまた、どうしてでございますか」

「五年まえと申せば、精十郎どのもみどもも四十の初老だ。大身旗本とは申せ、父親を亡くし、腹ちがいの兄からは勘当同然の扱いを受け、家なく、妻子もない。あとは老いてゆくばかり。剣によって生きておったのであろうが、おそらくは用心棒などをして糊口をしのぐうちに、裏の世界で次第に剣名が高まり、刺客の話が舞いこんだものと思われる。精十郎どのは場所が園瀬藩だと知って、みどもの名を思い出してくれたのではないだろうか。そして年齢的なものもあり、剣士としての自分の力量を、古き友であるみどもも、岩倉源太夫によって量ろうとしたのだという気がしてならぬのだ。勝負が決着して落命する寸前は、納得しきった、実に安らかな笑顔であった。あの笑顔がなかったら、みどもはその後、友を殺したことを重荷として、生涯背負わねばならなかったにちがいない」

源太夫の言葉が心の襞《ひだ》の奥にまで沁《し》みこんでいくには、時間が必要であったのかもしれない。だれもが長い時間、黙ったまま身じろぎもしなかった。

「義父《おとう》さま」沈黙を破ったのは園である。「園瀬に参って、岩倉さまのお話をうかがうことができて、本当にようございましたね」

「ああ、よかった。よかったな、本当によかった」

勝五郎がそう言うと、それまで黙って話を聞いていた音吉が、たまりかねたように嗚咽《おえつ》し、懐から手拭いを出して両目を押さえた。

そのとき、濠の向こうから頬白《ほおじろ》の、城山と思《おぼ》しき辺りからは杜鵑《ほととぎす》の啼《な》き声が聞こえてきた。

それにうながされたように、園が手提げ袋から袱紗包みを取り出して、そっと源太夫の前に滑らせた。目顔で問う源太夫に園が、「どうぞ、お開けください」とやはり目顔で答えた。

源太夫の手が伸び、包みに触れるとそれがずれて品物がすこしだけ見えた。源太夫が目を見開き、そしてうめいた。

「精十郎どのの印籠! すると園どのは」

「秋山精十郎はわたくしの父でございます」

「これで得心がゆきましたが、そうすると、みどもは園どのにとって父の仇ということになり申す」

「とんでもないことでございます。信じていただけぬかもしれませんが、わたくしは父が討たれたのが、岩倉源太夫さまのようなお方でよかったと、本心から思っております」

「父上の死を、いつお知りになられたのか」

「およそひと月まえでございますが、秋山さまのお側用人、久保田多門さまというお方から、父の仇の居場所がわかったと教えられました」

「…………」

「三年前に母が亡くなりまして、この印籠はおまえが旗本秋山精十郎どのの娘である証です、と渡されたものです。わたくしはそのとき初めて、秋山精十郎が実の父だと知ったのでございます。四十九日を済ませ、印籠を持参して秋山の家を訪れました。父の居場所を教えてもらいたかったからですが、行方不明なのでわかり次第報せると言われ、そしてついひと月まえに」

「それはひどい。なんたることだ」

「……？」

「春とは申せ、園瀬と江戸は離れすぎておるので、精十郎どのの亡骸《なきがら》を江戸まで搬送することもならぬ。岩倉家の菩提寺である寺町の飛邑寺に埋葬したと、その旨、秋山家に報せたのだが、返辞もなければ墓参にも来ておらぬ。三年まえに園どのが、精十郎どのの居場所を教えてもらうべく訪れたおり、当然、飛邑寺に埋葬されていることは承知のはず。それなのに、ひと月まえになって、父の仇の居場所がわかったと報せてきたとは！」

「もう、よろしゅうございます。岩倉さまにお会いできて、父についてくわしく話していただけたのですから。ねえ、義父さま」

「園がよいのなら、わたしはなにも言うつもりはない。ただ、岩倉さま、秋山家の対応は妙にねじくれていて、どうも気になってなりません」

「兄弟扱いすらせなんだのに、その末弟を殺した相手、つまりこのわしを、園どのが仇として討てば、自分たちの手を汚さずにすむ、そのくらいの気でおるのであろう。それにしても解せんのは、園どのが最初に訪れたときに、精十郎どのが亡くなられておることを教えずに、今頃になって急に敵の居所がわかったと報せてきたことだ」

おなじ園瀬藩士の伏水万次郎の自慢話に端を発したことを知らぬ限り、源太夫にとって、そして園や勝五郎にも解ける謎ではない。

「ただ言えることは、先代と当代では同じ勢右衛門さまであっても、まるで比較にはならぬということだな。ところで」と、源太夫は園と勝五郎に訊いた。「当地にはしばらく滞在できるのであろうか」

二人が同時に話しそうになり、気付いて譲りあい、結局は園が先に話した。

「わたくしとしましては、一日も早く江戸にもどり、母の墓に報告がしとうございます。父の墓には今朝お参りいたしましたが、明朝もう一度、お参りをと」

「だがここは園瀬であるでな、江戸からそうたびたび参るわけにもゆくまい」

「そこで岩倉さまにご相談でございますが」と勝五郎が言った。「分葬分骨はできぬでしょうか。わが家の菩提寺に精十郎さまのお墓を作れば、園も毎月、命日に参ることができます」

「寺のほうがどう言うであろうか。ちなみに岩倉家は真言宗《しんごんしゅう》だが、そちの宗旨《しゅうし》は」

「浄土《じょうど》真宗《しんしゅう》でございます。ですが岩倉さま、大事なのは宗旨ではなくて、心より弔《とむら》うという気持ではないでしょうか。それに園瀬と江戸は遠《とお》ございます。それに」

「それに、がおおいようであるな」

「これはおそれいります。実は、このようなこともあろうかと」

そのあと勝五郎は、もごもごと言葉を濁してしまった。つまりそのようなときには、寺方にある程度のむりを聞いてもらおうと、金を用意したということなのである。源太夫は苦笑したが、かれが飛邑寺の住職に頼んだおかげで、勝五郎は園の願いの一つを叶えてやることができたのであった。

つまりこういうことである。

そのあと三人は、精十郎にまつわるさまざまな思い出を源太夫に語ってもらい、一度、宿の東雲に引きあげた。その間に源太夫が飛邑寺に出かけて住持に相談し、翌朝、源太夫に伴われた園、勝五郎、音吉が寺に出向き、改めて分骨を願い出たのである。

おそらく勝五郎の、お布施《ふせ》という名目の裏金が奏功したのだろうが、園は精十郎の遺髪と、骨の一部を入れた壺を受け取ることができた。火葬ではなかったので、そのような仕事に携《たずさ》わる者たちが掘り返したとのことである。

改めて墓に参り、ふたたび岩倉家で源太夫に話を聞き、夜は西横丁の料理屋で、勝五郎がささやかなお礼の宴を設《もう》けた。そして翌朝、最後の墓参をすませて、三人は松島港からの船で難波、さらには江戸へと向かったのである。

五

長旅の疲れはあったが、江戸にもどった翌朝、園は勝五郎とともに麹町《こうじまち》の秋山家に、側用人の久保田多門を訪ねた。園瀬への往復のあいだに時は移り、江戸はミンミン蝉の姦《かしま》しい鳴き声に支配されて、じっとしていても汗が噴き出してくるほどである。

緑の色濃い園瀬の里は空気までしっとりして感じられたが、それに比べて江戸は、樹木や草本もどことなく色褪《あ》せて、全体に埃っぽく感じられてならなかった。

脇玄関で久保田に訪いを入れると、前回とおなじ部屋に通された。

勝五郎が初対面のあいさつをし、園が餞別をもらった礼を述べ、野蚕《のがいこ》のかすかに薄緑を帯びた絹織の反物《たんもの》など、土産品の数々を手渡した。

「いかがであったかな」

薄い笑いを浮かべながら多門は園に話しかけたが、その目は笑ってはいなかった。

「おかげさまで、いい旅をさせていただき、父の墓参をすることができました」

「仇には会えなんだのか」

「いいえ、会って父の思い出をいろいろと話していただきました」

秋山家が精十郎の死や飛邑寺への埋葬をとっくに知っておりながら、それについてとぼけていたことには、もちろん園は触れなかった。

「そのようであるな」

妙な言い方である。意味が汲《く》めずに首を傾げると、多門は薄く笑った。

「だが、当方にて手は打ったゆえ心配せずともよい」

「と申されますと」

園瀬への旅をまえにあいさつに訪れたおり、園が帰るなり多門はただちに岡っ引の丑寅を呼びつけた。そして丑寅の手下《てか》の一人を秘かに園瀬に送りこみ、逐一、報告させていたのである。

荷物持ちを連れた園と勝五郎、そして音吉の三人が東雲に旅装を解いたこと、翌朝、飛邑寺の精十郎の墓に参り、続いて正願寺の武尾福太郎の墓にも参ったこと、岩倉道場に源太夫を訪ねたことなどを、多門は丑寅の手下からの報告で知っていた。

第一報で、「仇討ちの気、まるでなし」と手下は断言していた。

三人が宿にもどり、源太夫は飛邑寺の住職に分骨の相談に出かけた。手下はその内容までは探れなかったが、夜になって勝五郎が源太夫に対するお礼の宴席を設けたとなると、もはや疑いようもない。

「いかがいたした。手は打ってあるゆえ、案ぜずともよいと申しておるではないか」

多門の言った意味がわからずに、勝五郎と園は思わず顔を見合わせた。その戸惑いを楽しむように多門は続けた。

「女性《にょしょう》、それも二十歳《はたち》そこそこのうら若き女子《おなご》に、源太夫を亡き者にするは、いかにも荷が勝ちすぎる。手に余るは自明の理ではないか。そこで念のために町方の者を一人つけたのだが、仇討ちは端《はな》から諦めたらしいのでただちに刺客を差し向けた」

園は愕然となって勝五郎を見たが、義父が狼狽したようすでもないので、いくらか平静を取りもどした。

「案ずるな。馬庭念流《まにわねん》免許皆伝の遣い手で、すでに両手に余る剛の者を打ち倒しておる。心配は無用だ。田舎剣士などはものの数ではない」

「それは頼もしいかぎり、わたしどもも安心でございます」

「……！」

勝五郎は平然として、薄い笑いを浮かべている。多門がまるで表情を変えることもなく、つまらなさそうに言った。

「前金で二十両、路銀に十両、源太夫を始末してもどれば八十両。凡庸な剣術遣いに、それだけの金は出せん」

「刺客はいつ出発いたしましたか」

「そのことだ。『仇討ちの気、まるでなし』の報せを受けてすぐに頼んだが、通行手形の用意とかあれこれあったのでな。それでも出立《しゅったつ》して、すでに二十日はすぎていよう。早ければ園瀬に着いておるころだ。あるいは、すでに源太夫とやらを倒しておるやも知れんな」

「そう願いたいものでございます」

園は堪《こら》えようのない憤《いきどお》りを覚えずにはいられなかったが、それは勝五郎に対してではない。義父が調子をあわせているだけだ、というのはわかっていた。

怒りの矛先《ほこさき》が向けられたのは、秋山勢右衛門とその側用人、久保田多門に対してである。今ごろになって刺客を差し向けるなら、源太夫が岩倉家の菩提寺に精十郎を葬ったと知ったときにすべきではないか。

それなのに知らぬ顔を決めこみ、三年まえに園が訪れたときには、すでに亡くなっているにもかかわらず、行方不明だととぼけたのである。ところが、急に父精十郎の仇の居所がわかったなどと報せ、園が園瀬に旅するとあいさつに行くと、むりに餞別を押し付けた上に、仇討ちを嗾けたのであった。しかも、密偵のような男まで差し向けて逐一報告させ、こちらに仇討ちの意思がないとわかると、刺客を送りこんだのだが、その遣り口がどうにも許せない。

園の胸の裡は怒りと嫌悪で煮えたぎるようで、それが顔に出ないようにするには、大変な努力が必要であった。

大身旗本に対してまさかそんなことはできないが、まだ封を切ってもいない餞別を、力まかせに叩きつけてやりたいほどである。

江戸だけしか知らなかったころと、園瀬を知ってからの園は、まるで別人であった。

園は園瀬を見たのである。

渡る風に波打つ広大な稲田の、眩しいばかりの輝きを見たのだ。緩い斜面に扇状に拡がった園瀬の里と、その要の位置に聳《そび》える燦然《さんぜん》たる白亜の天守閣を見たのである。

そして園は知ったのであった。

剣の道だけでなく、人の道を教える岩倉源太夫を。その源太夫を通じて、父秋山精十郎を知ることができた。それまでは名前だけであった父が、体温のある、息遣いの感じられる存在にまで、自分の心の裡で大きくなったのである。

父精十郎が心を許した岩倉源太夫が、金だけで動く刺客のために命を失うかもしれない。いや、源太夫ならよもやそのようなことはないだろうが、相手が卑怯な手段を用いないとは限らないのである。

そのように園の心は揺れ動き、際限なく乱れ続けていた。

多くのものを見、いろいろなことを知ったいま、同じ武士でありながらあまりにも卑劣《ひれつ》極まりない、秋山勢右衛門と側用人の久保田多門が、園には許せなかった。絶対に許してなるものか、と心の裡で繰り返した。

その久保田多門が言ったのである。

「日を経ずして、岩倉某を屠《ほふ》ったとの報せが届くであろう。さすればただちに報せるゆえ、楽しみに待っておれ」

　可能な限り冷静を保ったつもりだが、そこは老猾《ろうかい》な側用人である。園の心などは先刻お見通しで、内心ではおもしろがっているにちがいない。そう思うと新たな憤りが渦《うず》を巻いて、園は抑えるのに苦労した。

　秋山家を辞して往来に出ると、照りつける陽光と暑さを煽《あお》るような蟬の鳴き声で、汗がどっと噴き出した。

「だいぶ、顔が引き攣《つ》っておったな」

「だって」

「いちいち腹を立てていては身がもたんぞ。聞き流すことも覚えねばならん」

　二人は埃っぽい道を、黙ったまま歩いたが、やがて勝五郎が言った。

「岩倉どのに礼状を書こうではないか。わたしも書くから、園も書くがいい」

「はい。お世話になりましたものね」

「それから、飛邑寺と正願寺の和尚さまにも礼をせねばならん。二人のお名前を聞いておるか」

「……いえ」

「お世話になった方の名は聞いておくべきだな。これからは気をつけねばだめだぞ」

「はい。肝に銘じます」

「今回に関しては、教えなかったわたしがいけなかったのだ。お寺さんの名前は、源太夫どのに聞いておいたから心配しなくていい。ところでお礼の品はなにがよかろう。やはり、江戸名物ということになるのだが」

「大人はともかく、市蔵ちゃんと幸司ちゃんはなにがいいでしょう」

三人が園瀬を去る日、源太夫とみつが二人の子供とともに見送ってくれた。

わずか二日、足掛け三日であったが、市蔵と幸司は、園にすっかりなついてしまった。いよいよ江戸に発つと知ると、見送りに行くと言って聞かなかったのである。

常夜灯の辻で折れ、南へ真直ぐに道を取り、堤防にぶつかると斜めに坂を上って、かれらは土手道に出た。

「お、これはすごい」源太夫が子供たちに語りかけた。「見ろ、青田の上を風が渡ってくるぞ」

「ほんと、気持いいですね」

みつが応える。

「まるで海のようだなあ。船で大海原を突き進んでおるような気がする」

「父上」

「ん、なんだ」

「市蔵は海を見たことがありません」

「おお、そうだったな。今度連れて行ってやろう」

「本当ですね」

「ああ、本当だとも」

「男と男の約束です」

「ああ、男と男の約束だ」

園が思わず吹き出すと、みつが幸司を抱きあげた。

「あら、幸司とわたしも海は見ておりませんよ」

「よし、みんなで行こう」

源太夫がそう言うと、子供たちは歓声をあげた。

微笑を浮かべながら、園は改めて広大な水田に目をやった。葉裏を白く返しながら、限りもなく風が渡ってくる。

園は山の斜面に拡がる園瀬の里、その要となる天守閣を目に焼き付けた。父の亡くなった地を、しっかりと目にも心にも刻みこんだのである。

かれらが高橋の番所にきたとき、橋の向こうでは馬を連れた馬子が待機していた。

心付けをたっぷりとはずんだ江戸の客のために、宿のあるじが手配してくれたのだ。そのように勝五郎は常に先々を見据えながら、ことを運んでいる。見習わなければと、園はまた一つ義父に教えられた気がした。

岩倉源太夫に礼状と、感謝の気持をこめてお礼の品を贈る。律儀な人だから便りをくれるにちがいないが、それが届けば健在だとわかるということであった。勝五郎はやはり、そのような流れを読んでいるのだろう。

六

またしても並木の馬場であった。源太夫自身は大谷馬之介以来二度目になるが、戸崎喬之進と酒井洋之介の果たし合いでは、立会人を務めていた。

園瀬の藩の剣術試合や果たし合いの場は、なぜか並木の馬場が選ばれることが多い。並木の馬場は、隣藩との境に設けられた北の番所の手前にあった。だだっぴろくて見通しがいいのと、城山の裏手で城下からは離れていることなどが、選ばれる理由かもしれない

柏崎数馬と東野才二郎を伴った源太夫が馬場への道を進むと、仁王立ちになって腕

を組んだ相手が待っていた。

「助太刀か」男はせせら笑った。「ま、わしはかまわんがな」

「勘違いされては心外である。二人に手出しはさせんし、その必要もない。ただ、約束をしたのでな」

「約束だと。なまっちょろいことを」

「蹴殺しで倒すところを見せると約束したのだ。約束は守らねばならん」

「蹴殺し、とな。虚仮威《こけおど》しの名をつけおって」

大刀の下げ緒で素早く襷《たすき》をかけると、袴《はかま》の股立ちを取って、二人は向き合った。

前日、男は道場ではなく母屋に来て、源太夫に面会を求めたのである。名を訊いたが、その意味がないからと名乗らず、直接用件を言った。

「旗本秋山勢右衛門どのに頼まれ、命を頂戴に参った。どのような手段であろうと、たとえ闇討ちでもかまわぬから討ち果たせとのことだが、卑怯は性《しょう》にあわんのでな」

そう言って男は懐から果たし状を取り出すと、源太夫に示したのである。

明朝六ッ（六時）、並木の馬場にて果たし合いを申しこむ、と用件のみが簡潔に墨書されていた。

「承知」

「しからば、ごめん」

男は一礼すると、自信たっぷりな足取りで帰って行った。

権助に呼びにやらせたが、数馬は登城日で、非番の才二郎だけがやってきた。

「約束を果たせることになった」

「……？」

「そのうちに蹴殺しを遣うことがあれば見せてやると、話したことがあったな」

「すると」

源太夫はうなずき、果たし状を才二郎に見せた。目を通した才二郎は、すぐには言葉にならぬらしい。

「ちゃんと見るのだぞ。今度はだいじょうぶだろうな」

「はい！……おそらく」

「謙遜《けんそん》せずともよい。先日の山桃からすれば」

「山桃、ですか」

「とぼけるな。数馬の投じた山桃の実を、余裕をもってかわしておったな」

「あれをご覧に」

「見たわけではない。わしは軍鶏を見ておったので、お前たちを見てはおらん。だが軍鶏を見ながらでも、二人の動きは全部わかる」

「おそれいります」

「勝負は一瞬だ。しかも一撃で終わる。馬之介は鎖帷子を着こんで動きが鈍かったゆえ、わしは跳びあがりざま体の重みをかけて斬りおろした。今度はもっと短い時間で決着がつくだろう。数馬にもその点に関しては、念を押しておくように」

「わかりました」

「蹴殺しは技というよりも、考え方なのだ。基本形はあるものの、あとは相手の攻めに対して無限に変容する。変幻が剣の要諦《ようてい》、つまりは極意なのだ」

源太夫はそう言った。変幻こそがかれが編み出した蹴殺しの無限の可能性であり、相手のどのような攻撃や変化に対しても対応できる、柔軟かつ強硬な技なのである。

そこにたどり着くまで、どれだけの失敗を繰り返し、むだな汗を流したことか。だが極意を会得《えとく》すれば、それらは決してむだにはならない。むしろ、しっかりと、背後から支えて技を盤石のものとするのである。逆に言えば、そこからなにも得られなければ、その努力はむだとなる。

さて、蹴殺しだが……。

闘いではほとんどの場合、いや九分九厘と言っていいが、むだな動きのないものが勝つ。道場においてよりもむしろ、源太夫は闘鶏からそれを学んだ。

闘鶏ではどの軍鶏も敵手よりも高く跳躍し、上からの攻撃をしかけるが、なぜならそれが圧倒的に有利なことを、本能的に知っているからである。

だがイカズチは敵の裏をかき、肩透かしを喰らわせるのだ。敵手と同時に飛びあがるふりをするだけで、身を屈めるのである。眼前に敵がいないため狼狽した相手が脚を地に着ける瞬間に、イカズチは可能な限り高く跳び、あわてた敵が跳びあがるのをねらう。一貫(約三・七五キロ)の体重を利用して落下し、勢いをつけて跳躍した相手の側頭部に蹴爪を叩きつけるのだ。

その瞬間、落下と飛翔により、力は倍加する。これでは敵手はひとたまりもない。

精十郎が快《こころよ》く協力を引き受けてくれたものの、閃きを形にするのは容易ではなかった。まずは役割を決めて、イカズチとおなじ闘法を試みたが、それですら簡単にはゆかなかった。二人の動きを微妙にずらしたり、跳びあがる間合いや高さに変化をつけてみたりもしたし、左右の動きも採りいれてみた。が、納得がいかない。どこかが、根本的にちがっていると思えてならないのである。

たしかに高い位置からの攻撃は有利であり、破壊力もあるが、だれもが跳びあがるとは限らない。かといってそれを誘うことも簡単ではないし、力がある剣士はそれにやすやすと乗ることはないだろう。

「なにかが、どこかがちがっているような気がする」

源太夫の言葉に、精十郎もうなずいた。

「おれもそう感じていた」

「イカズチは敵手の力を利用し、倍にして返す」

「そうだ。だから一撃で倒せる」

「そのために、敵の裏をかき、跳ぶと見せて跳ばず、むしろ身を屈める」

「そのほうが勢いがついて、より高く跳びあがれるからだ」

そのような会話が何度も交わされたが、ある日、源太夫がふとつぶやいた。

「イカズチは軍鶏だ」

「あたりまえではないか、なにを言っておるのだ」

「おれは人だ」

「ついに、頭が変になったな。おれに言わせれば、おまえは軍鶏だ」

「蹴殺しは、軍鶏のイカズチの技だ。おれはおれの蹴殺しを編み出さねばならない」

精十郎もなにかを感じたのか、一瞬にして真顔になった。

「軍鶏だから上下なのだよ、精十郎」

いやになるほど汗を流した末にたどり着いた結論は、一番単純な方法であった。軍鶏の上下の動きを、前後の動きに置き換えればいいと気付いたのである。

もちろん簡単に習得できるわけではなかったが、逆にそのためにあらゆる攻撃に対処できるようになった。その根本にあるのは、相手の力を利用して倍にして返し、たった一撃で倒す、ということだけである。

――数馬と才二郎よ、秘剣とはなにかを教えてやる。目を見開いて見るのだぞ。

三間（約五・四メートル）の距離を置いて源太夫は刺客と対峙したが、それが男を見てかれが選んだ間合いである。一撃で倒すには、それより長くても短くても蹴殺しを活かしきれないと、瞬時に判断したのであった。

肩の幅に両脚を開いて、両腕をだらりと垂らしたまま源太夫は敵手に正対した。脱力したとか筋を緩めたというのではない。それが、源太夫が戦うための自然体《じねんたい》であった。敵手のどのような攻めにも対応でき、いかなる状況であろうと、もっとも的確な攻撃をしかけられる体勢である。じっと相手の目を見据え、でありながら睨むわけではなく、同時に源太夫は全体を見ていた。

永い時間向き合っていたようでもあり、極めて短い時間のようにも感じられた。

二人の体が同時に動いたが、それは電光石火というようなものではなかった。きわめてゆっくりと、ごく自然に、滑らかに右手が柄を摑み、ゆっくりと大刀を抜き終わったのである。が、ゆるやかな動きはそこまでであった。

源太夫は全体重をかけて突進する、と見せかけただけで、前傾したまま後退したのである。おなじように地を蹴った敵手にとって、それは予想もできぬ動きであったはずだ。異様な動きに警戒したらしく突撃は一瞬ゆるんだが、源太夫が後じさりしたのを知って、それまでに倍した勢いで突っかかってきた。

だが、男がふりおろす太刀よりもわずかに速く、源太夫の斬りあげた刃先が首を斬り裂いていた。力と力のぶつかり合いで力は倍となったが、すべてを読み切って迷いのない分、源太夫の勢いが優ったのである。敵手は体を捩《ね》じらせたまま、自らの体を大地に叩きつけ、何度も弾んで、やがて微動もしなくなった。

素早く身を寄せると源太夫は止めを刺そうとしたが、その必要はなかった。男はすでに絶命していたからである。

「見たか」

「は、はい」

二人の弟子の声は、喉の奥に貼り付きでもしたように掠《かす》れていた。

「これが蹴殺しで、これだけの剣でしかない」

「……？」

「およそ秘剣などというものは、どのようなものであれまともな剣ではない。ごまかしてである。道場で教わる技の手順は、互角の相手とまともに戦えば、かならず優位に立てるように工夫されたものだ。秘剣は手順の裏をかいて相手を混乱に陥《おとしい》れる。混乱しうろたえれば、勝敗の帰趨《きすう》は明らかだ。だから遣うべきでない」

「ではなぜ、われらに」

数馬の声は、まだかすかにふるえていた。

「秘剣とは、たかがこれだけのものにすぎぬとわからせるためだ。敵が秘剣を遣うと知ると、人はその言葉の魔力に縛られ、戦うまえに敗れてしまう。秘剣という言葉に惑わされるな。秘剣唾棄《だき》すべし」

源太夫の言葉の激しさに、二人の弟子は思わず顔を見あわせた。

「秋山どのと立川どの、この二人に蹴殺しを遣わなかったのは、江戸での友人とか園瀬の藩士だからという理由ではない。立派な武芸者、尊敬すべき剣士だったからだ。武尾どのの場合はちがったが、それはあの御仁が蹴殺しでの対決を望んだからだ。だからもう一つの蹴殺しを用い、今日遣った下劣な蹴殺しは、端《はな》から封じていた」

「下劣、……ですか」

数馬が、解せんという顔で訊いた。

「そうだ、下劣だ。唾棄すべき剣だ」と源太夫は、体を捻じったまま息絶えた男を冷ややかに見おろした。「この男は、これまでの三人とはちがう。当代の秋山勢右衛門に、いかなる手段を用いてもよいからわしを殺せと、金で雇われた刺客だ。だからわしは、大谷馬之介に対したのとおなじ蹴殺しを用いた。おまえたちに、見せると約束してもいたからな。だが、おそらくこれが最後だ。二度と蹴殺しを用いることはないだろう。もう一度言う。秘剣唾棄すべし、そして恐るに足らず」

七

岩倉源太夫から勝五郎に、みつからは園に便りが届いた。お礼の品を贈ったことに対する礼状で、源太夫の字はいかにも武人らしく厳格な楷書であり、対照的にみつは女人らしいたおやかな水茎《みずくき》の跡であった。

市蔵と幸司にまで気を遣っていただいてと、みつは恐縮していた。園と勝五郎はさんざん迷ったすえに、江戸らしさということから奴凧《やっこだこ》を贈ったが、ウナリとたっぷりの爪糸をつけることも忘れなかった。

礼状のなかにみつは、さり気なく次のように書き記していた。

「園瀬の里は日々平穏でございます。稲穂はいっせいにちいさな白い花を咲かせましたので、収穫の秋が楽しみでございます」

源太夫の一文の末尾近くには、お礼の品が届く旬日ほど前に、江戸から招かれざる客があったが、特に報告するほどのこともないので、案じ召されますなとあった。

旗本秋山勢右衛門が送りこんだ刺客は、源太夫の敵手にはならなかったのである。

「園瀬の里は日々平穏でございます」とのみつの一行に、園と勝五郎は平穏以上の意味合いを感じて、胸を撫でおろしたのであった。

※240頁の呼吸法に関しては、中村明一著『「密息」で身体が変わる』(新潮選書)をアレンジして引用しました。

解　説――異色にして正統。とんでもない剣豪小説。

文芸評論家　細谷《ほそや》正充《まさみつ》

あっ、これは違う。二〇一一年二月に本文庫から刊行された、野口卓のデビュー作『軍鶏《しゃも》侍』を見たときの、第一印象がこれであった。なにが違うのか。表紙が違う。もし手元に『軍鶏侍』があるのなら、あらためて表紙を眺めてほしい。タイトルと作者名の間に、村田涼平《むらたりょうへい》氏が描いた、躍動感溢《あふ》れる軍鶏のイラストがあるではないか。

現在の文庫書下ろし時代小説の表紙イラストは、江戸の風景の中に主人公がいるというものが、主流になっている。もちろん、そうした表紙には、スタンダードのよさがあり、けっして不満があるわけではない。でも、これだけ文庫書下ろし時代小説が溢れていると、表紙に目を惹《ひ》かれるということが、あまりなくなってきたのだ。そこに軍鶏のイラストを大きくあしらった本書が現れた。いや、書店の文庫書下ろし時代小説コーナーに平積みになっていると、実に目立っている（ちなみに本書の表紙は、二匹の鮎のイラストだ。こちらも目立っていることだろう）。そんなこんなで気になり、すぐさま読んでみて驚いた。表紙もそうだが内容も――これはものが違う。

『軍鶏侍』の主人公は、南国にある小藩・園瀬《そのせ》藩で生きる岩倉源太夫《いわくらげんだゆう》である。人づきあいを苦手とする彼は、三十九歳で隠居し、家督を息子の修一郎《しゅういちろう》に譲った。若い頃から剣の修行を重ね、軍鶏の鶏合《とりあ》わせを見て秘剣〝蹴殺《けころ》し〟を編み出した彼は、第二の人生として道場を始めるつもりだった。しかし藩からは、隠居は許可されたものの、道場の話は音沙汰《おとさた》なく、自分が無用者になったような気がしている。日々の張り合いといえば、やはり若い頃から凝《こ》っている、軍鶏の育成くらいだ。そんな源太夫が、藩内の抗争に巻き込まれ、かつての旧友の秋山精十郎《あきやませいじゅうろう》を斬った。江戸の旗本の三男坊だった精十郎は、源太夫が江戸詰だったときの修行仲間であり、一緒に〝蹴殺し〟を完成させた親友だ。また精十郎の父親こそ、源太夫に軍鶏の魅力を教えてくれた人である。

園瀬藩の藩主が、源太夫が道場を開くことを認めなかったのは、彼の腕前を温存するためであった。藩主の期待に見事に応えた源太夫は、一刀流の道場を開くことを許される。息子たちの勧《すす》めにより、みつという後妻も得た。ところが運命のいたずらか、みつの前の夫の立川彦蔵《たちかわひこぞう》を上意討ちすることになった。激しい死闘の末に上意討ちを果たした源太夫は、彦蔵の息子（本当は不義の子）の市蔵《いちぞう》を引き取り、自分たちの子供として育てる。二度の斬り合いで武名の上がった源太夫は、弟子たちの悩み事に手を差し伸べたり、〝蹴殺し〟を見たがる武芸者と対決しながら、新たなる人生を歩んでいく。

　というのが『軍鶏侍』の内容だ。本書『獺祭《だっさい》』は、その前作に続く、「軍鶏侍」シリーズの第二弾である。収録されているのは、「獺祭」「軍鶏と矮鶏《ちゃぼ》」「岐路」「青田風」の四篇だ。冒頭の「獺祭」は、源太夫の道場に弟子を取られた大谷《おおたに》道場と原《はら》道場の主が、闇討ちをかけようとする場面から始まる。これを軽くあしらった源太夫。だが、大谷道場の主の兄で、腕が立つといわれる馬之介《うまのすけ》が、闘いを挑んできた。勝負を受けた源太夫は、見どころのあるふたりの弟子の眼前で、初めて秘剣〝蹴殺し〟を使う。

　などと書くと、前作のラストで〝蹴殺し〟が披露されているではないかと、首をひねる読者がいるかもしれない。だが長柄刀を使ったふたつある〝蹴殺し〟のひとつにしか過ぎない。そして、精十郎の父親の飼っていた軍鶏イカズチの蹴りから工夫した〝蹴殺し〟は、ここで初めて描かれたのだ。うーん、シリーズ二冊目になって、ようやく秘剣が使われるとは……。この悠揚《ゆうよう》迫らざる書き方は、とても新人のものではない。

　しかもだ、この作品では〝蹴殺し〟がどのような刀法であるのか、よく分からないのだ。前作から、敵手の攻める勢いを利用して、それを倍にして返し、一撃で倒す技だといわれているが、実際に使われて、なお何がどうなったのか不明なのである。それが明らかになるのはラストの「青田風」だ。江戸に出府した園瀬藩士の口から、精十郎の死の真相が広まることを苦々しく思った異母兄の勢右衛門《せいえもん》は、精十郎の娘の園《その》を利用して、源太夫を殺そうとする。今は江戸の侠客《きょうかく》・勝五郎《かつごろう》の義理の娘になっている園は、義父たちと共に園瀬藩に向かった。もっとも園も勝五郎も分別があり、一連の事情を源太夫から知らされると、彼の人柄に好意を寄せる。ところが園たちを利用しながらも信用していない勢右衛門は、彼女たちとは別に刺客を送っていた。その刺客に源太夫の〝蹴殺し〟が、再び炸裂《さくれつ》する。

ここに至り、やっと〝蹴殺し〟がいかなる技か分かるのだが、それに続けて作者は源太夫に、とんでもない言葉を吐かせる。えええええ、剣豪小説の主人公が、それをいうのか！　でも、この言葉には力がある。さまざまな想いを抱えながら、長い時を過ごし、第二の人生に入ってからも、圧倒的な剣の高みに達することで、闘いをせずに済ませられることを目指す。どんなに極めても到達することはないであろう、人を超えた境地へと進んでいく。そんな源太夫が、心の奥底から絞り出した言葉には、とてつもない重さがあるのだ。まったくもって、とんでもない剣豪小説である。

おっと、剣豪小説と書いてしまったが、そこに収まりきらない広がりを持っているのも、シリーズの大きな魅力となっている。「軍鶏と矮鶏」では、道場に通う九歳の弟子に、絵の才能があることを知った源太夫が奔走《ほんそう》する。「岐路」では、難しい恋に悩む、二組のカップルの、対照的な人生航路が描かれている。剣のことならば何でも見抜き、道場を始めてからは人づきあいも苦手でなくなった源太夫だが、人間関係の問題は、いまひとつ巧《うま》く捌《さば》くことができない。そんな源太夫の右往左往から見えてくる、人の世のあれこれが、たまらなく興味深いのである。さらに博覧強記の下男・権《ごん》助《すけ》をはじめ、源太夫の周囲を取り巻く人々も、心豊かな人ばかり。主人公を中心にして大きくなっていく人の輪も、シリーズならではの読みどころだ。

また、軍鶏が大きくクローズ・アップされるのも、シリーズの特色だろう。なにしろシリーズ・タイトルが「軍鶏侍」である。軍鶏に魅了され、ついには軍鶏の蹴合わせから〝蹴殺し〟などという秘剣まで編み出してしまう源太夫の、軍鶏への入れ込みぶりが微笑《ほほえ》ましい。軍鶏に関する描写も、物語のお楽しみになっているのである。

もっとも軍鶏の存在は、単なるアクセントで終わっていない。「軍鶏と矮鶏」にある〝軍鶏も人も、つまるところおなじ生き物なのだから〟という一文に注目しよう。闘争心旺盛《おうせい》な軍鶏の鶏合わせは、適度なところで引き離さない限り、どちらかが死ぬか、土俵から逃げ出すまで続くという。これは源太夫にも当てはまるのではないか。

園瀬藩という土俵、剣客という土俵の中で生きるしかない彼は、逃げ出すこともならず、何かあれば死闘を演じる。「軍鶏侍」というシリーズ名に込めた、作者の意図を見落としてはならないのだ。

さらに軍鶏のみならず、動物や魚や昆虫など、人間以外の生き物に目が向けられているのも、面白いところ。「獺祭」で源太夫がいう「拙者《せっしゃ》のやっておることは、川獺《かわうそ》とおなじだということですな」、下男の権助がアシナガバチを見ていう「なぜわかるのかふしぎでなりませんが、生き物はよぉく知っておりましてな」という言葉に接すると、所詮《しょせん》は人間もこの世界に生きるたくさんの生き物のひとつに過ぎないこと。ちょっとだけ他の生き物より知恵があり、複雑な生活をしているが、たいして変わりはないこと。場合によっては、他の生き物の方が人間より優れていることを、作者が表現しているのが理解できるのだ。

そして、その程度の生き物である人間が、喜んだり悲しんだり、ときには斬り合いまでしている。生き残る人がいれば、死にゆく人もいる。でも、だからこそ、このシリーズに登場する人々が愛おしいのだ。ここまで深く、世界と人間を描き出す、作者の筆力に驚嘆しきり。やはりこのシリーズ、ものが違うというしかないのだ。

一〇〇字書評

切り取り線

購買動機（新聞、雑誌名を記入するか、あるいは○をつけてください）

- □（　　　　　　　　　　　　）の広告を見て
- □（　　　　　　　　　　　　）の書評を見て
- □ 知人のすすめで
- □ タイトルに惹かれて
- □ カバーが良かったから
- □ 内容が面白そうだから
- □ 好きな作家だから
- □ 好きな分野の本だから

・最近、最も感銘を受けた作品名をお書き下さい

・あなたのお好きな作家名をお書き下さい

・その他、ご要望がありましたらお書き下さい

住所	〒				
氏名		職業		年齢	
Eメール	※携帯には配信できません	新刊情報等のメール配信を 希望する・しない			

この本の感想を、編集部までお寄せいただけたらありがたく存じます。今後の企画の参考にさせていただきます。Eメールでも結構です。

いただいた「一〇〇字書評」は、新聞・雑誌等に紹介させていただくことがあります。その場合はお礼として特製図書カードを差し上げます。

前ページの原稿用紙に書評をお書きの上、切り取り、左記までお送り下さい。宛先の住所は不要です。

なお、ご記入いただいたお名前、ご住所等は、書評紹介の事前了解、謝礼のお届けのためだけに利用し、そのほかの目的のために利用することはありません。

〒一〇一-八七〇一
祥伝社文庫編集長　坂口芳和
電話　〇三（三二六五）二〇八〇

祥伝社ホームページの「ブックレビュー」からも、書き込めます。
http://www.shodensha.co.jp/bookreview/

祥伝社文庫

獺祭《だっさい》　軍鶏侍《しゃもざむらい》

平成23年10月20日　初版第1刷発行
平成26年4月25日　第5刷発行

著　者　野口《のぐち》　卓《たく》
発行者　竹内和芳
発行所　祥伝社《しょうでんしゃ》
東京都千代田区神田神保町3-3
〒101-8701
電話　03（3265）2081（販売部）
電話　03（3265）2080（編集部）
電話　03（3265）3622（業務部）
http://www.shodensha.co.jp/

印刷所　堀内印刷
製本所　ナショナル製本

 ISBN978-4-396-33718-6 C0193

祥伝社文庫の好評既刊

野口 卓
軍鶏侍《しゃも》
闘鶏の美しさに魅入られた隠居剣士が、藩の政争に巻き込まれる。流麗な筆致で武士の哀切を描く。

野口 卓
獺祭《だっさい》 軍鶏侍②
細谷正充氏、驚嘆！ 侍として峻烈に生き、剣の師として弟子たちの成長に悩み、温かく見守る姿を描いた傑作。

野口 卓
飛翔 軍鶏侍③
小椰治宣氏、感嘆！ 冒頭から読み心地抜群。師と弟子が互いに成長していく成長譚としての味わい深さ。

野口 卓
猫の椀
縄田一男氏賞賛。「短編作家・野口卓の腕前もまた、嬉しくなるほど極上なのだ」江戸に生きる人々を温かく描く短編集。

岡本さとる
取次屋栄三《えいざ》
武家と町人のいざこざを知恵と腕力で丸く収める秋月栄三郎。縄田一男氏激賞の「笑える、泣ける」傑作時代小説。

岡本さとる
がんこ煙管《ぎせる》 取次屋栄三②
栄三郎、頑固親爺と対決！ 「楽しい。面白い。気持ちいい。ありがとうと言いたくなる作品」と細谷正充氏絶賛！

祥伝社文庫の好評既刊

岡本さとる　**若の恋**　取次屋栄三③

名取裕子さんもたちまち栄三の虜に！「胸がすーっとして、あたしゃ益々惚れちまったぉ！」大好評の第三弾！

岡本さとる　**千の倉より**　取次屋栄三④

「こんなお江戸に暮らしてみたい」と、日本の心を歌いあげる歌手・千昌夫さんも感銘を受けたシリーズ第四弾！

岡本さとる　**茶漬け一膳**　取次屋栄三⑤

この男が動くたび、絆の花がひとつ咲く！　人と人とを取りもつ〝取次屋〟の活躍を描く、心はずませる人情物語。

岡本さとる　**妻恋日記**　取次屋栄三⑥

亡き妻は幸せだったのか？　日記に遺された若き日の妻の秘密。老侍が辿る追憶の道。想いを掬う取次の行方は。

門田泰明　**討ちて候（上）**　ぜえろく武士道覚書

幕府激震の大江戸——孤高の剣が、舞う、踊る、唸る！　武士道『真理』を描く決定版ここに。

門田泰明　**討ちて候（下）**　ぜえろく武士道覚書

凄愴《せいそう》苛烈の政宗剣法。待ち構える謎の凄腕集団。慟哭《どうこく》の物語圧巻!!

祥伝社文庫の好評既刊

門田泰明
秘剣 双ツ竜 浮世絵宗次日月抄
天下一の浮世絵師宗次颯爽登場！ 悲恋の姫君に迫る謎の「青忍び」炸裂する！ 怒濤の「撃滅」剣法

川田弥一郎
闇医おげん謎解き秘帖
堕胎医が軒を連ねる江戸・薬研堀《やげんぼり》の腕利き闇医おげん。彼女のもとを訪れる娘たちが持ち込む難事件の数々！

川田弥一郎
江戸の検屍官 北町同心謎解き控
鳩尾《みぞおち》に殴打の痕。拳の大きさから下手人と疑われた男は…。〝死体が語る〟謎を解く！

川田弥一郎
江戸の検屍官 女地獄
〝死体が語る〟謎を解け！ 北町奉行所一《いち》の検屍官、同心・北沢彦太郎《きたざわひこたろう》が〝幻の女〟を追う！

小杉健治
春嵐（下） 風烈廻り与力・青柳剣一郎⑲
事件は福井藩の陰謀を孕《はら》み、南町奉行所をも揺るがす一大事に！ 巨悪に立ち向かう剣一郎の裁きやいかに？

小杉健治
夏炎《かえん》 風烈廻り与力・青柳剣一郎⑳
残暑の中、市中で起こった大火。その影には弱き者たちを陥《おとし》れんとする悪人の思惑が…。剣一郎、執念の探索行！

祥伝社文庫の好評既刊

辻堂 魁

月夜行 風の市兵衛④

狙われた姫君を護れ！ 潜伏先の等々力・満願寺に殺到する刺客たち。市兵衛は、風の剣を振るい敵を蹴散らす！

辻堂 魁

天空の鷹《たか》 風の市兵衛⑤

まさに時代が求めたヒーローと、末國善己氏も絶賛！ 息子を奪われた老侍とともに市兵衛が戦いを挑むのは!?

辻堂 魁

風立ちぬ（上） 風の市兵衛⑥

〝家庭教師〟になった市兵衛に迫る二つの影とは？〈風の剣〉を目指した過去も明かされる興奮の上下巻！

辻堂 魁

風立ちぬ（下） 風の市兵衛⑦

まさに鳥肌の読み応え。これを読まずに何を読む!? 江戸を阿鼻叫喚の地獄に変えた一味を追い、市兵衛が奔る！

火坂雅志

武者の習

尾張柳生家の嫡男として生まれた新左衛門。武士の精神を極める男の生き様を描く。

宮本昌孝

風魔（上）

箱根山塊に「風神の子」ありと恐れられた英傑がいた――。稀代の忍びの生涯を描く歴史巨編！

祥伝社文庫の好評既刊

宮本昌孝

風魔（中）

秀吉麾下の忍び曾呂利新左衛門が助力を請うたのは、古河公方氏姫と静かに暮らす小太郎だった。

宮本昌孝

風魔（下）

天下を取った家康から下された風魔狩りの命――。乱世を締め括る影の英雄たちが、箱根山塊で激突する！

山本一力

深川駕籠

駕籠《かご》舁《か》き・新太郎は飛脚《ひきゃく》、鳶《とび》といった三人の男と深川から高輪の往復で足の速さを競うことに―道中には色々な難関が…。

山本一力

深川駕籠

お神酒《みき》徳利

涙と笑いを運ぶ、深川の新太郎と尚平。若き駕籠舁《か》きの活躍を描く好評「深川駕籠」シリーズ、待望の第二弾！

山本兼一

白鷹伝《はくようでん》 戦国秘録

浅井家鷹匠小林家次が目撃した伝説の白鷹「からくつわ」が彼の人生を変えた…。鷹匠の生涯を描く大作！

山本兼一

弾正の鷹

信長の首を獲る。それが父を殺された桔梗の悲願。鷹を使った暗殺法を体得して…。傑作時代小説集！